Älä tyydy, ansaitset kaiken

Anne Kotokorpi

Älä tyydy, ansaitset kaiken

© 2024 Anne Kotokorpi
Kustantaja: BoD · Books on Demand GmbH,
Helsinki, Suomi
Kirjapaino: Libri Plureos GmbH, Hampuri, Saksa
ISBN: 978-952-80-7200-3

1

Lunta tupaan

Maaria heräsi taas lumiauran kolinaan, kuten ainakin jo viikon tätä ennen. Väsytti. Pimeä aamu ei houkuttanut nousemaan lämpimän peiton alta.

- Todennäköisesti auramies juuri tällä hetkellä kasaa kinosta pienen autoparkani eteen. Joka aamuinen lumityörupeama odottaa, Maaria mutisi ja nousi ylös.

Lasse oli jo avannut tv:n. *"Sääennuste lupaa pakkasta ja lunta"*... Kunpa aamu tv:n ihana sääpoika löytäisi kartoiltaan joskus jotain muutakin kuin lunta ja pakkasta. Kurjuus oli jatkunut jo yli viikon eikä loppua näy. Kylmä säärintama pitää meitä otteessaan varmaan kesäkuulle asti. Tai kuka tietää, vaikka kahlaisimme lumessa vielä silloinkin... Keittiöstä kuului kahvinkeittimen pörinää. Kahvi tuoksui hyvältä. Aamuisin kahvi riitti, aamupala syötiin työpaikalla.

- Maaria, ehtisitkö millään silittää paitani, sen vaaleansinisen. Tänään on johtoryhmän palaveri heti aamusta.

Lasse painui suihkuun, vaikka Maaria oli jo hakemassa itselleen pyyhettä. Hänellä ei ollut johtoryhmän palaveria, mutta hänellä on työ, joka alkaa kello kahdeksan. Olisi toivottavaa olla paikalla ajoissa. No, kenties suihku on tarpeeton, tuumi Maaria, kun ulkona odottava lumen kanssa painiminen taatusti saa hien virtaamaan.

Maaria huokasi ja haki silitysraudan. Tämä ei ollut ensimmäinen kerta, kun hän silitti poikaystävänsä Lassen paitoja. Ja pyykkäsi. Hän teki parhaansa paidan kanssa, mutta muutamia vekkejä tuppasi jäämään aina. Ehkä niitä ei kokouksen tuoksinassa huomata. Hiha on niin vaikea, eikä hänellä nyt ollut aikaa olla kovin pikkutarkka. Lassen kannattaisi viedä paitansa pesulaan. Siihen hänellä olisi varaa, Maaria ajatteli harmissaan, kun ripusti paitaa henkarille.

- Onneksi minun työssäni päiväkodin opettajana ei vaatteilla koreilla, tuumi Maaria. - Mukavat, värikkäät vaatteet toimivat parhaiten. Joskus harvoin, kun olen ostanut uuden vaatteen, kuulen lapsilta ihastuneita huokauksia: Oi, onpa sinulla ihana mekko. Lapset ovat kyllä aivan mahtavia. Ulkona odottavasta lumikaaoksesta huolimatta Maariaa alkaa hymyilyttää.

- Minulla on ihan paras työ, ajatteli Maaria mielissään. - Kunpa vain saisin vakituisen paikan, lähempää kotiani. Pitkä ajomatka on stressaavaa, varsinkin näillä keleillä.

Suihkusta tullessaan Lasse vilkaisi paitaansa, kohotti kulmiaan, kun keskellä hihaa oli ryppy, mutta ei sanonut mitään. Jos aikoi arvostella, oli parempi tehdä sitten itse. Lasse luki lehteä ja hörppi kahvia keittiössä, kun Maaria veti jo ulkovaatteita päälleen. Pakkasta oli melkein parikymmentä. Toppahousut, toppatakki, paksu pipo ja nahkarukkaset. Niillä kyllä pärjäsi arktisissa olosuhteissa.

- Moikka, Maaria huikkaa, kun lähtee ovesta ulos. Lasse ei kuule tai ei muuten vaan näe tarpeelliseksi vastata.

Aura oli käynyt siivoamassa pihan. Ikävä kyllä, aina jäi lumivalli poloisten autojen eteen, eihän sitä voinut välttää. Vanhassa kerrostalossa oli kymmenkunta autotallia. Loppujen autonomistajien täytyi tyytyä pistokepaikkaan säiden armoilla. Se tiesi jokaaamuista auton kaivamista paksusta lumihangesta. Ne onnekkaat, joilla oli autotalli, voivat lähteä matkaan lumettomalla, lämpimällä autolla. Lasse oli yksi näistä onnekkaista. Maaria oli pyytänyt, että hän saisi pitää autoaan autotallissa. Vanha rotisko lähtisi paremmin käyntiin ja ikkunatkin pysyisivät sulana, jos se saisi olla tallissa.

- Ei käy, sanoi Lasse tiukasti. Hänellä oli työsuhdeauto, uutuuttaan kiiltävä Audi.

- Kai sinä ymmärrät, että en minä voi jättää firman autoa pihalle lumen alle. Mitä pomokin siitä ajattelisi, jos tulisin töihin lumisella autolla. Hän luulee, etten välitä ja ottaa vielä auton pois.

Lassen argumentti ontui, mutta Maaria ei jaksanut kinata. Pitäköön sitten ihanan peltilehmänsä tallissa. Yleensä asia ei Maariaa ärsyttänyt, mutta tänä aamuna ärsytti. Ja paljon.

3

Pieni Toyota oli hautautunut lumen alle niin, että jos ei Maaria olisi tiennyt, mikä paikka oli hänen, olisi voinut luulla, että siinä oli pelkkä lumikinos. Hän haroi kinosta ja alta paljastui pieni punainen läntti.

- Ei muuta kuin hommiin.

Maaria kaivoi esiin etuoven ja laittoi auton käyntiin. Auto lämpenisi sillä aikaa kun hän saisi lapioitua lumet auton takaa. Kyllä se siitä…

Reilun kymmenen minuutin uurastuksen jälkeen punainen pikkuauto olikin jo kaivettu esiin. Vielä ikkunat puhtaaksi ja ei muuta kuin matkaan.

Maaria näki Lassen peruuttavan tallista.

- Tämä ei ole reilua, ei ollenkaan. Otan asian puheeksi illalla. Pidämme autot tallissa vuoropäivinä, päätti Maaria ehdottaa.

Lasse liukui ohitse puhtaalla, kiiltävällä autollaan ja heilautti kättään kuin kuninkaallinen.

- Herrasmies olisi tullut auttamaan tyttöystäväänsä, Maaria ajatteli kitkeränä. - Mokoma itsekäs pas…

Maaria hätkähti ajatuksiaan.

Lasse oli aina ollut samanlainen. Hän piti Maariaa itsestäänselvyytenä. He olivat seurustelleet lukiosta asti. Jotenkin he päätyivät opiskelemaankin samalla paikkakunnalle ja taloudellisista syistä muuttivat yhteen. Ikään kuin jatkumona, valmistuttuaan he jatkoivat samaan malliin. Maaria ei ollut ikinä kyseenalaistanut heidän suhdettaan. Naimisiinmenosta ei ollut koskaan puhuttu, mutta Maaria ilman muuta oletti sen olevan seuraava askel. Lasse tosin ei ollut

4

edes kosinut. Ei silloinkaan, kun Maaria peri tätinsä timanttisormuksen. Se sopi kuin valettu vasempaan nimettömään ja Maaria oli röyhkeästi pistänyt sen siihen ja esitellyt sormusta Lasselle. Joko Lassella on ilmiömäinen pokka tai sitten hän on äärettömän tyhmä –mutta edes silloin kihlaus ei noussut keskustelun aiheeksi.

- Joo, ihan kiva, kommentoi Lasse sormusta. - Minkä arvoinen se mahtaa olla, jos sen myisi...

Myisi? Maaria tyrmistyi ja pahoitti mielensä. Kuinka hän voisi myydä tädin sormuksen? Sen oli tarkoitus aikanaan periytyä hänen tyttärelleen. Tai pojalleen. Sen koommin Maaria ei ole naimisiinmenosta vihjannut. Sormusta hän käytti aina juhlissa ja arkenakin. Ei tosin vasemmassa nimettömässä vaan pikkurillissä vaikka se on siihen hiukan suuri. Koru on kallis, hänen arvokkain omaisuutensa, mutta pidettäväksi tarkoitettu. Niin täti hänelle sanoi vielä eläessään.

Lassella oli hyvä työpaikka ja palkka. Maarialla ei ollut vakituista työtä, mutta määräaikaisia sijaisuuksia oli koko ajan. Palkka päiväkodin opettajalla ei ollut hääppöinen, ainakaan Lassen mielestä. Maaria kuitenkin piti työstään.

Maaria sai autonsa liikkeelle ja lähti ajamaan parinkymmenen kilometrin työmatkaa kieli keskellä suuta. Oli pimeää ja liukasta. Silti moni autoilija uskalsi ajaa kovaa ja Maaria tunsi joskus olevansa vain tukkona tiellä.

Tämänkertainen pesti jatkui enää pari viikkoa, sitten pitäisi löytää uusi paikka. Tuleva ero lapsista raastoi Maarian mieltä. Pahinta määräaikaisissa sijaisuuksissa olikin se, kun piti erota päiväkodin lapsista ja työkavereista. Kunpa pian löytyisi joku pidempiaikainen paikka.

Päiväkodin pihaan päästyään Maaria ravisteli ranteitaan, jotka olivat jäykkänä hänen puristaessaan rattia kauhusta kankeana. Päästyään päiväkodin ovesta sisälle, lasten iloinen hälinä sai hänet pian unohtamaan aamun ankeuden.

Kotimatka sujui paremmin, kun oli valoisaa ja tiet oli kunnolla aurattu. Radiosta kuului menevää musiikkia ja Maaria oli hyvällä tuulella. Hänelle oli luvattu alustavasti uutta työpaikkaa päiväkodista, joka oli vain parin kilometrin päässä. Lisäksi sijaisuus olisi pidempi, äitiysloma. Varmasti ainakin vuosi, ellei enemmän.

Kääntyessään risteyksessä Maaria kuuli autostaan outoa ääntä. Hän laittoi radiota hiljempaa ja kyllä vain, jostain kuului jotain suhinantapaista. Lisäksi mittaristoon syttyi joku valo. Maarialla ei ollut harmainta hajua, mitä se tarkoitti. Hän ajoi tiensivuun ja sammutti auton. Hetken vedettyään henkeä hän yritti startata autoa. Ei mitään. Auto ei inahtanutkaan. Muutaman kerran koitettuaan oli pakko luovuttaa. Entäs nyt? Soittaisiko Lasselle? Ja mitähän hyötyä siitäkin olisi? Lasse ei ymmärrä autoista mitään, niin insinööri kuin onkin. Eivätkä käytännön työt ole

Lassen juttu. Maaria heidän perheessä vaihtaa lamput, korjaa vuotavan hanan, kiinnittää taulut ja poraa reiät. Tai sitten Lasse vain yksinkertaisesti on laiska. Soittaisiko Lassen hakemaan? Mutta ei autoa voi tähän tien poskeen jättää. Kokeillaanpa kuitenkin, mitä armas poikaystävä keksii rakkaansa auttamiseksi.

Puhelin hälytti kauan. Maaria antoi puhelimen soida. - No mitä nyt?! Lasse kuului olevan raivoissaan. - Onko paha paikka, Maaria kysyi, vaikka arvasi sen vain ärsyttävän Lassea enemmän. - Autoni simahti tähän kadun varteen Pääsetkö auttamaan? - No en tosiaankaan pääse. Minähän olen vielä töissä. Jätä se rötiskö siihen ja kävele kotiin. Lasse löi luurin korvaan. Maaria istui autossa ja nieleskeli itkua. Alkoi tulla jo kylmä. Äkkiä hän muisti, että autossahan oli hinausvakuutus. Sen hän oli varmistanut virkailijalta kolmeen kertaan. Auto oli jo niin vanha, että kaikki vakuutusyhtiöt eivät myöntäneet sille vakuutusta. Mutta aikansa tivattuaan, sellainen oli myönnetty. Nyt oli aika lunastaa lupaukset ja soittaa palvelunumeroon.

Vakuutusyhtiön asiakaspalvelussa olikin empaattinen ja mukava virkailija, joka auttoi häntä kaikin tavoin.

- Älä sure, hinausauto on jo tulossa ja saat pian apua. Pidä itsesi lämpimänä.

Maaria nousi autosta ja astui jalkakäytävälle. Pakkanen ei ollut hellittänyt yhtään. Varpaita ja sormia alkoi paleltaa. Hän alkoi hypähdellä lämpimikseen. Pian hän loikki ympyrää, teki haarahyppyjä ja meni jopa kyykkyyn muutaman kerran. Mielessään hän lauloi tuttua lastenlaulua "*pää, olkapäät, peppu, polvet, varpaat...*"

TÖÖT! Hinausauton töräys sai Maarian pomppaamaan vielä korkeammalle. Hinausauto pysähtyi kadun varteen ja autosta astui ulos nuori mies.

- Päivää, tänne tarvittiin hinausapua? Miehellä oli yllään huomiovaatteet ja päässä outo karvareuhka. Liekö mies perinyt sen vaariltaan? Niin aidolta lakki näytti. Lakki oli syvällä päässä, mutta turkiksen alta tuikki iloiset silmät ja mies hymyili ystävällisesti.

- Mikäs autoon on tullut? mies käveli auton luo ja pyysi avaamaan konepellin.

Maaria teki työtä käskettyä. Hän koitti käynnistää, mutta auto ei ollut kokenut ihmeparantumista tällä välin.

- Kyllä, ei se siitä käynnisty. Napataan kyytiin. Tottuneesti mies kiinnitti köysiä ja naruja ja veti pikkuisen Toyotan näppärästi hinausauton lavalle. Sitten hän kääntyi Maarian puoleen.

- Mihinkäs tämä viedään? kuljettaja katsoi hymyillen Maarian silmiin ja yllättäen se tuntui aika mukavalta. Maaria hymyili takaisin.

- Niin että onko sinulla mielessä joku korjaamo, mihin haluat auton viedä vai ajetaanko kotipihalle? Maaria havahtui haaveistaan. Kuinka säälittävä sitä voikaan olla, jos rakastuu ensimmäiseen kaksilah-

8

keiseen, joka hymyilee ystävällisesti ja katsoo silmiin. Ehkä omalle parisuhteelle on syytä tehdä jotain.

- Aivan. En tiedä. Ei ainakaan kotipihalle, Maaria sanoi hätäisesti. - Osaisitko suositella jotain korjaamoa? Mielellään hyvää ja halpaa. Ja mielellään lähellä.

- Melkein on valittava jompikumpi, mies naurahti. - On minulla yksi tuttu, joka korjaa autoja. Luotettava ja asiallinen veloitus. Se on muutaman kilometrin päässä. Hyppäätkö kyytiin, niin viedään se sinne. Kyytiin? Maaria ei ollut ajatellut, että hän joutuisi menemään tämän vieraan miehen kanssa ajelulle. Mutta tietenkin, pitäisihän hänen tietää, mihin auto viedään ja sopia mahdollisesta korjauksesta.

- Selvä, oikein paljon kiitoksia.

Maaria käveli kohti hinausauton hyttiä. Hän ei ollut kovin pitkä. Lassella riitti hupia siitäkin asiasta, aivan kuin hän olisi sille asialle voinut mitään.

Maaria tähyili toivottomana kohti hinausauton ovea, joka tuntui hipovan pilviä. Hän ei kuuna päivänä pääsisi nousemaan tuonne omin voimin. Miten noloa, hän ehti ajatella, kun mies ilmestyikin hänen taakseen. Hän avasi oven ja jostain ilmestyi porras oven eteen.

- Hokkuspokkus, hymyili mies. - Neiti on hyvä ja kiipeää sisään.

Maaria ei ollut ketterimmillään paksut toppavaatteet yllään, mutta entisenä voimistelijana kiipeäminen oli portaan löytymisen jälkeen helppoa. Auton sisällä oli sekaisin papereita ja ainakin pari puhelinta. Mies käänsi tottuneesti ison auton ja he lähtivät matkaan. Molemmat istuivat hiljaa. Maariaa suretti jo etukäteen korjauksesta kertyvä valtava lasku. Lainaisiko Lasse rahaa, jos omat eivät riitä. Millä menen huomenna töihin?

- Tanssitko sinä tuolla kadulla äsken? Vähän näytti siltä, mies kysyi yllättäen.

Maaria olisi voinut vajota maan rakoon. Hän oli taatusti näyttänyt idiootilta loikkiessaan lämpimikseen.

- Kunhan hyppelin, tuli kylmä siinä seisoskellessa.

- Sinulla näyttää olevan hyvät ulkoiluvarusteet. Joskus olen poiminut kyytiin ihmisiä pikkukengissä ja juhlahepeneissä. Siinä tulee nopeasti vilu, kun pakkasta on noin paljon.

Muutaman minuutin ajon jälkeen he kaarsivat hallin eteen. Pihalla oli paljon autoja, uusia, vanhoja, kolaroituja...vaikka mitä. Mies pysäytti hinausauton.

- Odota täällä niin ei tarvitse palella ulkona. Käyn kysymässä, onko pajalla kiirettä.

Mies painui halliin ja Maaria jäi autoon hieman hämillään. Eipä hän olisi täältä kopista olisi päässytkään ilman apua.

Puhelin soi, Lasse soitti.

- Pääsin nyt lähtemään töistä. Oletko jo kotona? Ajattelin mennä pelaamaan tennistä. Ei kai sinua tarvitse tulla hakemaan mistään? Meillä on kenttä varattu pariksi tunniksi.

Maaria sulki silmänsä ja oli hiljaa. Pettymys oli valtava. Tuonko ihmisen pitäisi olla hänen tukensa ja turvansa?

- Haloo? Kuulitko sinä?

- Mene sinä nyt vaan pelaamaan sitä rakasta tennistäsi, kai minä täältä jotenkin pääsen pois, Maaria tiuskaisi.

Ikävä kyllä Lasse ei tunnistanut sarkasmia Maarian äänessä. Piti purra hammasta, ettei hän olisi purskahtanut itkuun, ärsytti niin paljon. Ärsytti ja pelotti. Pelotti autosta tuleva lasku ja oma vihaisuus Lassea kohtaan.

Pian hallin ovesta astui ulos hinausauton kuljettaja ja toinen mies, öljyisissä haalareissa. Maarian suu loksahti auki: näkikö hän kaiken kahtena? Yksi mies meni sisään ja kaksi samanlaista tuli ulos. Kaksoset?! Naurusta ja rupattelusta päätellen veljekset olivat hyvissä väleissä. Eivät kai he naura minulle, Maaria ajatteli synkeänä. Tai sitten korjaamo saa paljon asiakkaita, kun hinausauto tuo niitä heille kymmenittäin. Kenties asiakkaista saa jopa provisiota? Tietenkin se naurattaa.

Auton ovi aukeni ja taikaporras tuli esiin. Maaria kiemurteli itsensä maahan. Pipo vinossa hän tuijotti edessään seisovia miehiä. He olivat huomattavasti pitempiä kuin hän. Kahdet miellyttävät kasvot, joita ei erottanut toisistaan mistään. Molemmilla oli viehättävät hymykuopat ja nauravaiset silmät. Onneksi edes vaatteet olivat erilaiset. Tai kuka tietää, vaikka olisivat vaihtaneet niitä hallissa.

11

- Otan auton alas ja jatkan matkaa. Seuraava pulaan joutunut odottaa jo noutajaa.

Hurmaava hinausmies kääntyi lähteäkseen, mutta vilkaisi vielä Maarian suuntaan ja sanoi: Nähdään taas.

- Nähdään taas?

Hinausauto lähti ja Maaria tuijotti haikeana sen perään. Entä nyt?

Korjaajakaksonen hyöri Maarian auton konepellin alla. Pakkanen ei hellittänyt ja Maariaa alkoi taas paleltaa.

- Lähde sinä vaan kotiin ja jätä auto tähän. Katson hallissa, mitä siitä löytyy. Anna puhelinnumerosi niin soitan, kun tiedän enemmän.

Iik, komea mies pyytää numeroani… toisissa olosuhteissa se olisi ollut jännittävää. Nyt Maariaa hirvitti mieheltä tuleva puhelu. Millainen lasku sieltä mahtaa tulla.

- Haluatko että soitan sinulle taksin? kysyi mies ja näytti niin empaattiselta, että Maaria olisi voinut kapsahtaa hänen kaulaansa.

- Itse asiassa asun aika lähellä, parisen kilometriä. Minusta tuntuu, että pieni happihyppely tekee nyt hyvää. Minulla on lämpimästi päällä. Kiitos kuitenkin.

Maaria lähti lampsimaan kohti kotia. Hänen punainen pieni autonsa jäi yksinäisenä pihalle seisomaan.

Kun Maaria pääsi kotiin, Lasse tuli juuri suihkusta. Ilmeisesti tennistunti oli ohi.

12

- Kas, oletkin jo siinä, Lasse tokaisi. - Onko meillä
mitään syötävää? Pelatessa tulee hirveä nälkä, siinä
kuluu kaloreita... kävimme kyllä päivällä lounaalla,
siinä uudessa Bistrossa. Itse pääjohtaja oli tullut
Helsingistä ja tarjosi pihvit.
Maaria ei sanonut mitään. Hän meni suihkuun ja
yritti huuhtoa viemäriin huolet ja harmin. Jos Lasse
istuu ruokapöydässä ruokaa odottaen, kun hän tulee
suihkusta, hän ei takaa mitä tekee. Kenties mojautan
paistinpannulla...
Huoli oli kuitenkin turha. Lasse oli paistanut munia
ja paahtanut leipää.
- Tule nyt syömään ja kerro mitä autolle tapahtui.
Maarian sydän läikähti, Lasse välittää sittenkin.
- Se vain hyytyi pakkaseen, Maaria aloitti. - Soitin
hinausauton paikalle ja se vietiin korjaamolle. Sinne
se jäi. Korjaaja soittaa, kun tietää vian.
- Hitto soikoon noiden vanhojen romujen kanssa,
paalaamoon pitäisi viedä...
Maarian sisällä kiehahti. Hänellä ei ollut varaa pa-
rempaan. Auto oli palvellut hyvin tähän asti, säällä
kuin säällä. Mikä Lassen on uhotessa, kun firma
maksaa auton ja kaiken kukkuraksi sitä säilytetään
lämpimässä tallissa. Heidän yhteisessä tallissaan.
Ennen kuin Maaria ehti avata sanaisen arkkunsa,
puhelin soi.
- Jakke tässä, moi, korjaamolta. Jätit auton tänne ja
olen nyt vilkaissut sitä.
Maarian maha muljahti.- Okei...?
- Ei siinä äkkiseltään näyttäisi olevan mitään vikaa,

13

pieni kovasta pakkasesta johtunut ongelma polttoaineensyötössä. Ongelma katosi, kun toin auton sisälle.
- Eli sillä voi ajaa taas normaalisti, Maaria ei ollut uskoa korviaan. - Kiitos! Tuhannesti kiitos. Paljonko olen velkaa? Voinko hakea sen pois?
- Voit tulla hakemaan. Jos tulet tunnin sisällä niin olen vielä paikalla. Enkä minä veloita tuollaisesta tietenkään mitään.
- Selvä. Kiitos vielä kerran. Tulen heti.
Ihana Jakke! Miehen samettinen, matala ääni oli musiikkia korville.

Maaria vilkaisi televisiota tuijottavaa Lassea, joka mässytti paahtoleipää ja murusteli sohvalle.
- Lasse, lähdetkö heittämään minut korjaamolle. Saan auton takaisin jo nyt.
Lassen suupielet kääntyivät alaspäin kuin pienellä lapsella, jota ei huvita yhtään mikään.
- Mitä? Nytkö? Tulin juuri suihkusta ja pakkasta on ainakin parikymmentä...ja katson telkkaa.
Maaria koitti hillitä kiukkuaan. Lassen auto oli lähtövalmiina tallissa, sitä ei tarvitse kaivaa hangesta ja lämmitellä lähtökuntoon. Televisiosta näytti tulevan "Maajussille morsian", joten senkin jakson voisi tarvittaessa katsoa netistä.
- Kyllä, nyt juuri. Ja minäkin tulin juuri suihkusta. Täytyy kuivata hiukset, ettei pää jäädy. Tietenkin voidaan tehdä niinkin, että viet minut huomenna töihin. Täytyy vain herätä puolitoistatuntia aikai-

14

semmin. Tai kenties minä otankin sinun autosi, ja sinä menet bussilla tai vaikka kävelet töihin. Minulle on ihan sama.

Lasse puuskahti jonkun kirosanan, mutta nousi sohvalta.

- Et sinä osaa ajaa minun autoani. Eikä se ole edes sallittua. Nopeasti sitten. Meneekö sinulla kauan tuon pehkon kuivaamiseen? Maarian hiukset olivat paksut ja luonnonkiharat. Vaalea kiharapilvi oli aina ihastuttanut aikuisia, kun hän oli ollut pikkutyttö. "Kuin pikku enkeli", huudahtivat tädit. Sittemmin Maaria oli joskus toivonut, että vähempikin kiharamäärä olisi ollut tarpeeksi.

Pian he jo kuitenkin istuivat autossa matkalla korjaamolle.

- Autoni hyytyi sen takia, että se joutuu seisomaan pakkasessa, Maaria aloitti. - Ehkä olisi parempi, että minä pidän autoani tallissa ja sinä pihalla.

- Se sinun hieno korjaajasiko niin sanoi? Lasse melkein huusi. - Onko hän professori vai jopa dosentti tai tohtori autotieteessä? Lasse hekotteli omalle sutkautukselleen.

- Eiköhän tuo ole pelkkä insinööri. Kuten sinä.

Se osui ja upposi. Lassen kaasujalka painui alas. Lumiset penkat pöllysivät, kun he ajoivat muutaman kilometrin matkan. Kun he saapuivat pihaan, Jakke peruutti Maarian autoa tallista.

- Sinä varmaan pärjäät tästä eteenpäin.

Maaria ehti hädin tuskin hypätä autosta ulos, kun

15

Lasse jo kaasutteli tiehensä. Jakke vilkaisi pimeyteen katoavan Audin perään ja kohotteli kulmiaan pipon alla.

- Olipa hänellä kiire, Jakke tokaisi.

- Juu, Maajussille morsian -ohjelma on varsin ratkaisevassa vaiheessa. Se jäi vähän kesken, kun vaadin kyytiä. Ymmärtäähän sen, että harmittaa. Molemmat hymyilivät leveästi.

- Jos et saa autoa lämpimään, pidä se ainakin pari tuntia lämmityksessä ennen kuin lähdet ajamaan. Kai sinulla on pistokepaikka? Laitoin polttoaineen sekaan ainetta, joka voi auttaa -tai sitten ei. Eihän nämä pakkasetkaan ikuisesti kestä.

- Pari viikkoa pitäisi vielä sinnitellä, sitten ajot vähenevät, Maaria sanoi. - Kiitos vielä.

Maaria istui autoonsa ja lähti ajamaan kotiin. Pihaan päästyään Maaria totesi, että Audi on ajettu talliin, jäljellä oli vanha tuttu tolppapaikka. Tietenkin! Maaria sammutti moottorin ja taputti kojelautaa: Hyvä auto! Jaksaa, jaksaa!

Lasse ei edes irrottanut katsettaan televisiosta Maarian tullessa sisään. Ohjelma oli jo vaihtunut, mutta sama lasittunut katse tuijotti ruutua. Huutokauppakeisari oli myymässä tuhannetta kuparipannuaan. Maaria meni istumaan Lassen viereen.

- Kiitos vain kysymästä, sain auton kotiin ja laitoin sen tolppaan. Autotalli nimittäin näytti olevan jo varattu.

Lasse käänsi katseensa tv:stä. Tuskin hän oli edes

kuullut, mitä Maaria sanoi. Lasse kaappasi Maarian syliinsä.

- Kuka pikku äkäpussi se täällä kiukuttelee…Lasse hamusi huulillaan Maarian korvaa, mutta Maaria ei ollut nyt sillä tuulella.

Tietenkin hän kaipasi hellyyttä ja läheisyyttä, mutta jos rakkaus ei näy mitenkään muuten kuin fyysisenä toimintana, ja sekin tosi harvoin, Maarialle se ei riittänyt. Ei enää.

- Minkä takia minä en saa pitää autoa tallissa, edes tämän kaksi viikkoa, kun käyn vielä Vekaralassa töissä? Onhan se minunkin tallini, puoliksi.

Lasse irtautui Maarian kyljestä kiukkuisena.

- Vieläkö sinä siitä jankutat?

- Jankutan, koska auto voi taas hajota, jos se seisoo pakkasessa.

- Ei, ei ja vielä kerran ei! Miltä sekin näyttäisi, jos menisin johtoryhmän palaveriin hikisenä ja lumisella autolla. Minulla on tärkeä työ. Auto on osa imagoani, ymmärrätkö. Kaikki se on osa urakehitystäni, kohti isompaa palkkaa, isompaa vastuuta. Tuollainen lastenkaitsija sen sijaan voi mennä toppahousuissaan vaikka bussiin.

Maaria nousi sohvalta sanomatta sanaakaan. Lasse jäi tuijottamaan televisiota. Maaria kuuli, miten hän hörähteli huutokauppakeisarin vitseille. Maaria meni vuoteeseen ja painoi päänsä tyynyyn, jotta Lasse ei kuulisi hänen nyyhkytystään. Tyyny kastui kyynelistä läpimäräksi, mutta Maaria nukahti nopeasti päivän koettelemusten väsyttämänä. Hän ei herännyt siihen, kun Lasse tuli nukkumaan.

2

Kolmas kerta toden sanoo

Seuraavana aamuna Maaria heräsi aikaisin. Hän halusi ehtiä suihkuun ennen Lassea. Eilinen riita oli pahoittanut mielen, eikä Maaria halunnut aloittaa sitä uudelleen. Hän toivoi ehtivänsä lähteä, ennen kuin Lasse nousisi ylös. Suihkun jälkeen Maaria puki nopeasti, joi lasin mehua ja puki ulkovaatteet ylleen. Hän oli avaamassa jo ovea, kun kuuli Lassen huutavan: Maaria! Jaksaisitko millään silittää minun paitani, sen vaaleanpunaisen. Kiitti, kiitti, kiitti... - Ei ole todellista, Maaria paiskasi oven kiinni ja marssi ulos rappukäytävässä tarpeettoman kovaäänisesti. - Nyt alkaa tulla mitta täyteen. Onneksi yöllä ei ollut satanut lunta. Auto yskähteli, mutta lähti kuin lähtikin käyntiin. Maaria peruutti auton ruudusta ja lähti ajamaan kohti Vekaralaa, päiväkotiaan, jossa hänellä oli enää muutama työpäivä jäljellä.

Mukavan päivän jälkeen Maaria oli taas hyvällä tuulella. Hän oli saanut kymmeniä haleja ja pusuja lapsilta. Se jos mikä voimaannutti ihmisen. Kotimatkal-

la hän tuumi antavarsa Lasselle vielä mahdollisuu-
den. Ehkä mies oli vain stressaantunut, eikä siksi
huomioinut Maarian tunteita. Tästä illasta tulisi
varmasti mukava, syödään hyvin, juodaan lasilliset,
katsotaan joku hyvä leffa... Ajatus katkesi, samoin
katkesi matkanteko. Auto sammui lähestulkoon sa-
malle paikalle kuin eilen.
- Ei voi olla totta!
Mutta totta se oli. Onneksi Maaria sai auton tien
sivuun, turvalliseen paikkaan.
Hetken tuumattuaan, Maaria tarttui puhelimeen ja
soitti jälleen vakuutusyhtiöön. Sama ystävällinen
naisihminen vastasi. Maariasta kuulosti, että nainen
pidätteli naurua.
- Johan nyt on epäonnea, nainen sanoi. - Mutta tila-
taan hinaus, odottele rauhassa.
Tällä kertaa Maaria päätti istua autossa. Ulkona
tanssiminen ei enää tulisi kysymykseen. Entä jos
hänet hakee sama auto kuin eilen? Kunpa hakisikin!
Mutta kai tässä kaupungissa on muitakin hi-
nausautoyrittäjiä kuin eilinen komistus. Toisaalta
Maaria olisi hiukan pettynyt, jos hakija olisikin joku
muu.
Pian auto ajoikin Maarian auton viereen. Se oli eri
auto ja autosta astui ulos vanhempi mies, huomiolii-
vit yllään.
- Autoko hyytyi? Ei ihme näillä pakkasilla... ystä-
vällinen herrasmies hymyili ja alkoi saman tien val-
mistella autoa kyytiin. Hetkessä pikku Toyota olikin
jälleen lavalla. - Tuletko kyydissä? Minne auto vie-

19

dään?
Maaria kertoi eilisen korjaamon osoitteen. Mies hymähti. - Tunnen paikan.
He lähtivät ajamaan kohti lähellä sijaitsevaa korjaamoa. Maariaa nolotti. Mitä Jakke mahtaisi ajatella, kun hän olisi taas oven takana autoineen. Pian oltiin hallin pihassa. Mies astui ulos ja auttoi Maarian alas autosta. Yhdessä he kävelivät hallin ovesta sisään.

- Jakke, tuli asiakas.

Avonaisen konepellin takaa kurkisti Jakke. Ja toinenkin Jakke. Mitä?!

- Ai Sakkekin on täällä. Mitäs pojat touhuavat?

Eiliset kaksoset tuijottivat Maariaa. Se tuntui hämmentävältä.

- Tuliko autoon vikaa, oletettavasti Jakke kysyi.

- Se sammui taas samaan paikkaan.

- Sammuiko auto jo eilen? vanhempi mies kysyi yllättyneenä. - Ja samaan paikkaan? Mies kuulosti kovin epäuskoiselta. - Jakke, etkö korjannut autoa? Kuinka se voi taas hajota.

- Siinä kun ei mielestäni ollut varsinaisesti mitään vikaa, vain pakkasen aiheuttama jää polttoaineensyötössä. Niin ainakin luulin, kun se lähti käyntiin, kun lämpeni.

- Vai niin… vai sammui se taas. Ja samaan paikkaan. Kaikki kolme miestä kääntyivät katsomaan Maariaa, kuin tämä olisi tahallaan rikkonut autonsa päästäkseen hinausauton kyytiin.

- Sammui se, varmasti sammui. Maarian kasvot olivat vakavat.

- Isä, älä kiusoittele. Haetaan auto tänne niin katsotaan.

Isä? Jakke ja ilmeisesti Jaken isä menivät ulos. Sakke jäi seisomaan Maarian viereen halliin. Se tuntui jotenkin jännittävältä.

- Meidän täytyy lakata tapaamasta toisiamme tällä tavalla...mies sanoi äkkiä hiljaisella äänellä. - Se saattaa nimittäin alkaa herättää epäilyksiä.

Maaria vilkaisi vieressään seisovaa pitkää miestä suu auki. - Että mitä?!

Miehen virnuilevat kasvot paljastivat hänen pilailevan. Hän ojensi kätensä. - Sakke. Ja sinä olet Marja?

- Maaria.

- Maria?

- Maaaria! Maaria melkein huusi.

- Maaa...aaria, sanoi Sakke ja puristi Maarian kättä.

- Hauska tutustua. Huomenna muistan nimesi, kun haen sinut taas tienposkesta. Kolmas kerta toden sanoo.

- Minulla ei ole mitään tarkoitusta olla huomenna tienposkessa, Maaria puuskahti tuohtuneena. - Jos veljesi saisi tällä kertaa auton kuntoon, Maaria puhkui posket punehtuen.

- Mistä muuten arvasit, että Jakke on veljeni? Mies tuumaili muka hämmentyneenä ja hieroi leukaansa. Onpa tuolla hepulla otsaa. Varsinainen vitsiniekka. Maaria painui ulos. Hänen autonsa oli jo pihassa konepelti ylhäällä.

- Voitko jättää auton tänne? Katson sen huomenna,

tänään en ehdi. Soitan, kun saan selville jotain, Jakke sanoi.

- On kai pakko, Maaria huokasi.

Onneksi huomenna oli jo perjantai. Nyt piti vain saada aamuksi kyyti töihin. Oli pakko luottaa Lassen hyväntahtoisuuteen.

Sakkekin oli tullut hallista pihalle. Hänkin tuijotteli konepellin alle.

- Tarvitsetko kyydin kotiin? Jakke kysyi.

- No olisihan se kovin ystävällistä, Maaria oli helpottunut. Kilometrien tarpominen ei tänään houkutellut.

- Ehditkö Sakke lähteä viemään? Sakkeko? Ei, ei... Mieluummin isä-hinaaja tai Jakke. Voisiko vielä perua...Maaria ajatteli lähes paniikissa. Sakella oli levottomat jutut ja ne saivat Maariankin levottomaksi. Se ei ollut hyvä juttu.

- Minä ehdin lähteä oikein mainiosti viemään neidin kotiin. Tännepäin.

Maaria kulki hiljaisena Saken perässä hallin taakse. Sinne oli parkkeerattu autoja jos vaikka millaisia. He pysähtyivät suuren avolava-auton eteen.

Taas näin suuri auto, ajatteli Maaria kauhuissaan. Kuinka tällainen lyhyt ihminen pääsee tuonne.

Sakke avasi oven ja ojensi kätensä Maarialle.

- Astu sisään. Stig ombord.

Maaria tarttui Saken käteen, kun ei muuta voinut. Kevyesti Maaria nousi auton hyttiin.

Sakke kiersi ohjaajan paikalle ja käynnisti auton.

- Meidän autot tuppaa olemaan hiukan romuluisia,

nämä ovat työautoja, Sakke sanoi pahoitellen.

- Tietenkin, se on ymmärrettävää.

Maaria avasi takkiaan lämpimässä autossa ja riisui hanskat. Pipoaan hän ei ottaisi päästä mistään hinnasta. Pipon alta paljastuisi valkoinen "afro" ja sekös Sakkea naurattaisi. Suihkun jälkeen pipon alle tungettu pehko oli todella kesyttämätön. Kiharat vaatisivat suoristusrautasulkeiset, sen Maaria jättäisi seuraavaan aamuun. Tai sitten vain hiukset ponnarille, lapsille käy sekin. Sakelta olivat kaiketi vitsit loppuneet, lyhyt matka sujui hiljaisuudessa. Maaria antoi ajo-ohjeita ja pian he pysähtyivät pihalle. Sakke kiersi Maarian puolelle ja avasi oven. Maaria ojensi kätensä, mutta Sakke tarttuikin häntä vyötäisiltä ja nosti kevyesti maahan. Maaria ei ollut ihan varma, olisiko pitänyt loukkaantua moisesta julkeudesta. Ei kai hän nyt sentään mikään avuton nukke ollut. Mutta se tuntui mukavalta, liian mukavalta.

- Kiitos paljon kyydistä, Maaria sanoi.

- Ole hyvä. Nähdään huomenna! huikkasi Sakke ja kaasutteli pois.

Nähdään huomenna? No ehkä siinä tapauksessa jos Jakke saa Maarian auton valmiiksi ja Sakke on paikalla kun Maaria hakee sen.

Pihassa oli tyhjä paikka siinä kohtaa missä tavallisesti seisoi hänen uskollinen punainen ajokkinsa. Nyt olisi vielä ratkaistava huominen työmatka. Maaria tiesi, mikä taistelu olisi edessä, kun Lasselta piti pyytää kyyti. Maaria huokasi ja meni sisälle.

23

Lasse ei ollut vielä palannut töistä. Maaria oli helpottunut. Hän saisi hetken hengähtää ja kerätä voimia tulevaan taisteluun kyydeistä. Kahvi voisi piristää. Ottaessaan suodatinpaperia kaapista Maariaan iski kauhu: sormus! Se oli poissa! Pikkurillissä ei näkynyt tuttuja timantteja. Vauhkona Maaria pyöri ympäri huoneistoa. Sormusta ei näkynyt vessassa, ei keittiössä. Oliko se ollut aamulla hänen sormessaan, hän mietti kuumeisesti. Oli se, koska päiväkodissa pieni Hertta –tyttö oli ihastellut hänen prinsessa koruaan. Rukkaset! Maaria viiletti eteiseen ja käänsi hanskat nurin. Ei sielläkään. Eikä hän ollut työn jälkeen ollut edes käynyt kotona, koska auto hajosi. Hengitä, hengitä…komensi Maaria itseään. Mikään esine ei katoa olemattomiin, jostain se löytyy. Olisiko se pudonnut hinausautoon? Ei, Maaria ei riisunut rukkasiaan matkan aikana. Ei myöskään autohallissa. Saken tuodessa häntä kotiin, hän oli riisunut rukkasensa ja laittanut ne penkille. Olisiko sormus tipahtanut Saken autoon. Näin siinä on täytynyt käydä.

Maaria haki korjaamolta saamansa lapun. Siinä oli puhelinnumero. Asia olisi pakko selvittää nyt heti. Jakke tietäisi, mistä hänen veljeän voisi tavoitella. Numero hälytti kauan, mutta kukaan ei vastannut. Ilmeisesti numero oli käytössä vain virka-aikaan, Maaria totesi harmissaan. Maaria ei kuitenkaan halunnut jättää asiaa aamuun. Sormus oli hänelle liian tärkeä.

Hinausautot ainakin toimivat aina. Pahaksi onneksi

Maaria ei ollut varma hinauspalvelun nimestä. Vakuutusyhtiön virkailija oli tilannut sen ja Maaria ei ollut kiinnittänyt huomiota autoon. Se oli iso ja värikäs. Tunnistaisiko joku sen siitä... Näytti siltä, että hinauspalvelua tarjosi vain neljä yritystä. Maaria päätti soittaa niihin kaikkiin. Ensimmäisessä numerossa oli automaattinen vastaaja: *"Päivystystä hoitaa tänään Nieminen"*. Maaria soitti vastaajassa olevaan numeroon.

- Päivää, minulla on hieman outo kysymys. Onko teidän autonne hinannut tänään ja eilen punaisen Toyotan korjaamolle? Maaria kysyi, kun ääni ei kuulostanut tutulta.

- Että mitä? Puhelimeen vastannut mies kuulosti enemmän kuin hämmästyneeltä. - Tarvitsetko siis hinausta punaiselle Toyotalle?

- Ei, en minä nyt tarvitse, mutta eilen ja tänään aiemmin tarvitsin. Olitko sinä se, joka autoit minua, tai tiedätkö, kuka se oli.

- Minä se en ollut. Eikä minun autoni. Meitä on neljä firmaa tässä hoitamassa ajoja.

- Osaatko sanoa, kuka se mahtaisi olla. Minun olisi ihan pakko saada kiinni henkilö, joka hoiti hinauksen. Ilmeisesti firmassa on isä ja kaksospojat. Ensin minua auttoi poika ja sitten isä. Pojan nimi on Sakke. Hän on nuori, pitkä, hoikka, aika lihaksikas, melko pitkät tuuheat hiukset, hymykuopat, lempeät silmät ja hyvin ystävällinen luonne. Päässä on karvareuhka.

Mies puhelimessa naurahti. - Sakkehan se, vaikka

25

ihan noin tarkkaan en ole koskaan tainnut häntä katsoa. On minulla hänen numeronsa. Maariaa nolotti. Olisi varmaan pitänyt jättää hymykuopat mainitsematta.

Maariaa jännitti. Sakke oli kiinnostava. Puhumattakaan että tämä oli varsin hyvännäköinen. Maaria tunsi itsensä höpsöksi, kun edes ajatteli tällaisia. Hän oli sentään parisuhteessa, pitkässä sellaisessa. Kenties jopa menossa naimisiin Lassen kanssa. Topakasti hän naputteli numerot ja painoi vihreää luuria.

- Sakke Koskela. Koskela. Oikein jämäkkä, suomalainen sukunimi, Maaria ajatteli kun tuttu ääni vastasi. Pelkkä Saken ääni sai Maarian hymyilemään.

- Haloo? huhuili Sakke.

- Ööö, täällä puhuu Maaria. Maaaaria. Maaria venytti pari aata lisää, jotta Sakke muistaisi hänet paremmin.

- Jaa Maaaaria, naurahti Sakke. - Mikä suo minulle tämän ilon? Pitääkö sinut taas hinata jostain? Tänään hinauksia tekee Nieminen. Voin antaa numeron.

- Ei, ei, en tarvitse hinausta. Ihan sinua henkilökohtaisesti tavoittelen, Maarialta lipsahti ja huomasi miten hölmöltä se kuulosti.

- Tavoittelet minua? Sakke kuulosti hämmästyneeltä. - Tämähän käy mielenkiintoiseksi.

- En tietenkään sinua tavoittele, niin kuin "tavoittele"…siinä mielessä.

- Missä mielessä? Onko sinulla pahat mielessä?

- Kuuntele, minulla on oikeaa asiaa. Minun sormukseni hävisi tänään. Se on pudonnut sormestani jossain vaiheessa. Otin rukkaset pois kädestä autossasi, en muualla. Ajattelin, olisiko se voinut tipahtaa sinne. Viitsisitkö tarkistaa? Se on minulle hyvin tärkeää.

Maarialla ei ollut enää itku kaukana. Jos hän hukkaisi tädin sormuksen tällä tavalla huolimattomuuttaan, hän ei ikinä antaisi sitä itselleen anteeksi.

- Onko se kihlasormus? kysyi Sakke yllättäen.

Maaria yllättyi kysymyksestä. Halusiko Sakke tietää, oliko hän kihloissa? Eihän hän ollut, mutta asui miehen kanssa. Mahdollisen tulevan aviomiehen kanssa.

- Se on ainoalta tädiltäni perinnöksi saatu kaunis timanttisormus, aika arvokaskin. Se merkitsee minulle paljon, ei ainoastaan rahan takia vaan henkisesti. On kuin käteni olisi amputoitu, kun se puuttuu sormestani. Ja ei, se ei ole kihlasormus. Ehkä joku päivä, mutta ei vielä.

Maaria ihmetteli, miksi lörpötteli vieraalle ihmiselle näitä asioita. Ehkä järkytys pisti puhumaan liikaakin. Saken ei olisi tarvinnut tietää muuta kuin että timanttisormus on hävinnyt, mahdollisesti hänen autoonsa.

- Täytyyhän se sitten löytää. Tulen sinne, niin etsitään yhdessä. Olen pihalla vartin päästä.

Maaria puki ulkovaatteet ja meni ulos odottamaan.

Pakkasta ei ollut enää kuin reilu kymmenen, mutta tuntui silti kylmältä. Luntakin taas ripotteli.

Pian Saken suuri valkoinen lava-auto jyristeli pihaan. Maaria heilautti kättään. Sakke ajoi auton talon eteen, lampun alle.

- En kai ole kenenkään tiellä? Tuossa on joku ovi.

Minulla on taskulamppu, mutta pihavalo saattaa tulla tarpeeseen.

- Et ole. Tämä on minun autotallini ovi. Voit jättää auton tähän siksi aikaa.

Maaria kömpi taas etupenkille. Hän alkoi oppia taktiikan, millä näihin isoihin autoihin päästiin nousemaan sisään.

- Tässä minä istuin. Otin rukkaset kädestäni ja laskin ne tähän viereen.

Sakke osoitteli taskulampulla Maarian näyttämään kohtaan. Siinä ei ollut mitään.

- Ehkä sormus on vierinyt penkin taakse? Sakke kääntyi ja kurkotteli molempien penkkien taakse. Ei mitään.

- Katso lattialta, Maaria komensi. Hän itse kyykisteli jo oman puolen lattialla. Sormiin ei osunut sormuksen oloista esinettä. Ruuvi, pullonkorkki ja ruuvimeisseli sen sijaan jäivät hänen hyppysiinsä.

Auton ikkunat olivat jo aivan huurussa eikä minkäänlaisia tuloksia vielä ollut saavutettu. Maaria alkoi turhautua.

- Jos se on sittenkin pudonnut pihalle. Ei ole mitään toiveita löytää sitä lumesta. Keväällä se on jo kadonnut maan uumeniin, Maaria synkisteli.

- Etsitään nyt vielä. Kokeile sieltä penkin välistä, sinne jää joskus tavaraa, Sakke sanoi, samalla kun itse tutki etupenkin välejä.

Valitettavasti penkin välistä ei tällä kertaa löytynyt mitään. Maaria istui paikoillaan ja tuijotti ilmeettömänä huuruisia ikkunoita. Tämä olisi kaiken loppu. Hän ei ikinä pääsisi naimisiin.

- Mikäs se tässä mahtaa olla...! Sakke huudahti ja piteli sormusta näpeissään. Sormus näytti niin pieneltä Saken suurella kämmenellä. Ajattelematta mitään Maaria hyppäsi Saken kaulaan halaamaan tätä. - Kiitos, pelastit minut.

Ennen kuin Maaria pääsi irti Saken kaulasta, kuskinpuolen ovi aukeni. - Kuulkaas, tähän ei saa parkkeerata.

Maaria tunnisti Lassen äänen.

- Ai, heh, teillä on menossa herkkä hetki, anteeksi jos häiritsen, mutta auto täytyy ajaa pois. En pääse talliini.

- Lasse! Maaria kurkisti Saken takaa.

Lassen silmät revähtivät ammolleen, ensi hämmästyksestä, sitten suuttumuksesta.

- Vai niin. Vai semmoista. No, kun olette lopettaneet, niin tulisitko ystävällisesti sanomaan, että voin ajaa auton talliin.

Lasse lähti kiukkuisena sisään.

Sakke kääntyi katsomaan kysyvästi Maariaa. Maaria ei osannut tulkita Saken ilmeitä, oliko mies nolo, harmissaan vai huvittunut.

- Kiusallista... Sakke sanoi viimein. Hän näytti hieman hymyilevän. - Ilmeisesti sinun tallissasi säilyttää joku mies autoaan?

Maaria olisi voinut vaipua maan rakoon. Lassen

29

silmissä tilanne saattoi näyttää epäilyttävältä, vaikka oli aivan viaton. Vai oliko?

– Tuo oli Lasse. Asun hänen kanssaan, Maaria sanoi.

– Siis tavallaan seurustelemme.

– Asia selvä, Sakke sanoi, eikä näyttänyt sen kummemmin asiaa surevan. – Tässä joka tapauksessa sormuksesi. En uskalla laittaa sitä sormeesi, ettei me kohta olla kihloissa... Maaria puristi sormuksen tiukasti nyrkkiinsä. – Kiitos.

– Sinun on nyt paras mennä selittämään miehellesi illan tapahtumat, hän näytti aika vihaiselta. Ei kai hän ole väkivaltainen?

– Ei tietenkään ole väkivaltainen, hän vain käsitti väärin. Kaikki selviää, kun kerron sormuksesta.

Maaria ei ollut ollenkaan varma, selviäisikö, mutta siitä hän oli varma, että Lasse ei ollut väkivaltainen. Fyysisin asia, mitä Lasse harrasti, oli tennis.

– Jakke soittelee huomenna autostasi. Näkemiin, Maaaaria...

Sakke lähti suurella autollaan. Maaria avasi nyrkkinsä ja laittoi sormuksen vasempaan nimettömään. Siitä se ei putoaisi mihinkään.

Maaria avasi oven jännittyneenä. Hän oli hississä hionut taktiikkaansa. Olisi valittava hyökkäyksen tai puolustuksen väliltä. Oli paras varoa sanojaan, jos hän halusi huomenna Lassen kyyditsevän hänet kotiin.

Lasse kyyhötti sohvan nurkassa suu tiukkana viivana

30

ja tuijotti tapansa mukaan televisiota. Hän ei vilkaissutkaan Maariaa, kun tämä astui huoneeseen.

Maaria istuutui varovasti Lassen viereen.

- Lasse...Lasse kuule. Et ikinä arvaa mitä tänään tapahtui. Minun autoni pysähtyi taas samaan paikkaan kuin eilen. Jouduin tilamaan hinauksen ja se vietiin korjaamolle. Se jäi sinne ainakin huomiseen. Eikö ole hullua? Samaan paikkaan taas. Maaria koitti naurahtaa, mutta se kuulosti kovin väkinäiseltä. Lasse ei edelleenkään irrottanut katsettaan ruudusta.

- Sain sitten korjaamolta kyydin kotiin ja kotona huomasin, että sormus oli hävinnyt siinä välissä. Tämä tädin ihana timanttisormus, Maaria levitti vasemman käden sormet Lassen nenän eteen. Sormus kimalteli erikoisen kirkkaasti vasemmassa nimettömässä, mutta se ei tehnyt mitään vaikutusta Lasseen.

- Soitin sitten tälle Sakelle, että jos vilkaistaisiin, olisiko sormus pudonnut hänen autoonsa. Ja olihan se. Sitä me olimme etsimässä, kun tulit.

Nyt Lasse kohottautui sohvan nurkasta.

- Etsitkö sinä sormusta sen jätkän kaulasta vai miksi roikuit siellä? Vai kävikö niin, että sormus tipahti autoon kiihkeässä tiimellyksessä? Oliko meno niin hurjaa, ettei korutkaan pysy paikoillaan?

Lasse näytti vihaisemmalta kuin koskaan. - Arvaa vaan, miten äärettömän noloa on löytää tyttöystävänsä huuruisesta autosta vieraan miehen sylistä. Hyi helvetti sentään! Onneksi teillä oli sentään vaatteet päällä. Kuka vaan olisi voinut nähdä teidät.

- Mutta…

Maaria oli enemmän kuin yllättynyt Lassen purkauksesta. Mies ei juuri koskaan näyttänyt tunteitaan. Lasse ei suuttunut, itkenyt tai nauranut. Ei osoittanut hellyyttä, mutta ei vihaakaan. Maaria oli ajatellut, ettei Lasse ollut mustasukkainen tai omistushaluinen. Tämä intohimoinen puuskahdus oli niin tavatonta, että Maaria oli ällikällä lyöty. Tilanne oli kiihkeä, Lasse oli kiihkeä. Maaria oli yllättynyt, että Lassessa oli tällainenkin puoli. Se oli ollut piilossa kaikki nämä vuodet. Kenties tämä olisi alku kokonaan uudenlaiselle, avoimelle, kiihkeälle suhteelle. Jo olisi aikakin.

- Lasse kulta, me tosiaan vain etsimme sormusta autosta. Se oli tipahtanut penkin väliin. Mitään muuta ei tapahtunut. Olin aivan epätoivoinen, kun luulin hävittäneeni sen. Kun se sitten löytyi, olin tavattoman onnellinen ja kiitollinen.

Lasse näytti jo hieman rauhoittuneen. Hän katsoi Maariaa, kuin tarkistaakseen, puhuuko tämä totta. Ilmeisesti selitys kuitenkin oli tyydyttävä ja Lasse kääntyi jälleen television puoleen.

- No en minä oikeastaan edes uskonut, että sinulla olisi joku toinen mies, Lasse naurahti. - Sinä olet minun Maariani, aina ollut. Sinä kelpaat minulle, älä pelkää.

"Kelpaan"…Maaria kuunteli epäuskoisena.

- Ajattelepa kuitenkin, Maaria, jos joku muu olisi nähnyt teidät. Vaikka naapurit. Alkaisivat vielä juoruilla, Lasse näytti pohdiskelevan mahdollisia vaihtoehtoja. - Ja entä jos sana leviäisi minun työpaikalleni? Mitä pomo ja kollegat ajattelisivat, jos tyttöystäväni olisi muhinoirut likaisessa autossa jonkun remonttireiskan kanssa... Minun naisystäväni tulee olla edustava ja asiallinen. Sinun peikkomaiselle ulkonäöllesi nyt ei voi mitään, Lasse pörrötti Maarian vaaleita kiharoita.

Tuntui kuin Maarian päälle olisi heitetty ämpärillinen kylmää vettä. Äskeinen kiihkeä tunnelma oli tipotiessään. Lasse ei ollutkaan raivostunut siitä, että oletti Maarian kuhertelevan vieraan miehen kanssa, vaan siitä, että pelkäsi juorujen kiirivän pomon korviin. Ura oli tärkeämpi kuin mahdollinen pettäminen. Lasse ei edes uskonut Maarian olevan kykenevä pettämään. He olivat olleet yhdessä teini-ikäisestä lähtien ja näköjään tulisivat olemaan yhdessä hamaan tulevaisuuteen, jos Lassen sanaan on luottaminen. "Minun Maariani, kelpaat minulle". Mutta kelpasiko Lasse enää Maarialle? Valtava pettymys ja suru tulvi Maarian mieleen. Hän melkein toivoi että Saken autossa olisi tapahtunut jotain enemmän, jos se olisi saanut Lassen heräämään.

Maaria tunsi uteliaisuutta Sakkea kohtaan. Toisaalta Sakke ei ollut näyttänyt olevan kiinnostunut Maariasta. Mieshän saattoi olla perheellinen, vaimo ja lapsia, koira ja omakotitalo. Jokin miehen rennossa ja ilkamoivassa asenteessa sai Maarian sykkeen nousemaan ja hymyn huulille. Onnekas oli se nainen, joka sai viettää aikaa tämän hurmaavan miehen kanssa.

Lasse hörähteli sohvan nurkassa eikä tuntunut enää edes muistavan äskeistä kohtausta.

- Mainoskatko. Menen nyt ajamaan Audin talliin.

- Autoni jäi korjaamolle. Sinun pitää viedä minut huomenna töihin, Maaria sanoi ja arvasi mikä meteli siitä nousisi.

- Töihin? Ai sinne hornan kuuseen? Sinne on ainakin parikymmentä kilometriä, Lasse äksyili. – Minulla on aamulla palaveri.

- Niinhän sinulla aina...Maaria sanoi hiljaa. - Sitten lähdemme matkaan aikaisin. Koitan saada paluun järjestettyä niin, ettei sinun tarvitse tulla hakemaan.

- Perhanan perhana...Lasse manaili lähtiessään ulos. Huomenna oli perjantai. Kenties Jakke sai Maarian autonsa kuntoon viikonlopuksi ja ensi viikon jälkeen työmatka sujuisi kävellen. Päiväkodin johtaja oli luvannut huomenna varmistaa, että Maaria saisi työn.

3

Äidiltä neuvoja?

Aamu oli juuri niin hankala, kuin Maaria oli odottanutkin. Lasse kiukutteli ja paiskoi tavaroita joutuessaan heräämään tuntia aikaisemmin. Tavarat oli hukassa ja Lasse pelkäsi myöhästyvänsä ja saavansa pomon vihat päälleen.

Maaria oli hiljaa. Hän odotti eteisessä ulkovaatteet yllään, että Lasse löytäisi auton avaimet.

- On sitten sinun syysi, jos myöhästyn, Lasse puuskutti.

Maarialle tällainen käytös oli kovin tuttua päiväkodista. Lapset kiukuttelivat, jos asiat eivät menneet kuten he toivoivat. Yleensä aikuisena nämä tavat loppuvat. He eivät puhuneet matkalla juuri mitään. Lasse ei kysynyt, millä Maaria aikoi tulla töistä pois. Hän ei myöskään tarjoutunut hakemaan, joten Maaria vaikka kävelisi mieluummin, kuin alkaisi rukoilla palveluksia.

Päiväkodin ovella Maaria haistoi kahvin. Koko henkilökunta oli vastassa jo ovella.

- Onnittelut uudesta työpaikasta, sanoi päiväkodin johtaja ja halasi Maariaa. - Meistä on ikävää, että lopetat meillä, mutta toivon sinulle kaikkea hyvää.

Mikä onnentunne tulvahtikaan Maarian mieleen. Hyvät työtoverit, mahtava ympäristö, puhumattakaan lapsista, jotka ilahduttavat joka päivä vilpittömällä ilollaan.

- Kiitos. Eikö minun pitänyt olla vielä viikko täällä?

- Sovimme Liisan kanssa, että voit aloittaa keskustassa jo viikon päästä maanantaina. Siellä on vajausta henkilökunnasta. Me pärjäämme tällä miehityksellä.

Päivä kului haikeissa tunnelmissa. Lapset kävivät

vuoron perään halaamassa ja istumassa sylissä. Hertta-tyttö sai kokeilla Maarian timanttisormusta peukaloonsa.

- Minulla tulee ikävä sinua, Hertta sanoi.

- Minullakin sinua, Maaria otti työn kainaloonsa ja halasi.

- Saanko minäkin isona tällaisen ihanan solmuksen?

- Aivan varmasti saat, Maaria hymyili. - Ja jos et saa, mene ostamaan sellainen kaupasta. Tyttö saa ostaa timantin itselleen, jos haluaa.

- Tai sitten plinssi antaa sellaisen minulle, Hertta hymyili.

Niinpä niin. Maaria ei uhrannut ajatustakaan omalle "prinssilleen", joka tyrkkäsi hänet autosta pihaan toivottamatta edes hyvää työpäivää.

Maarian viimeinen päivä oli ohi. Hän oli tutkimassa bussiaikatauluja, kun päiväkodin johtaja huikkasi hänelle: Hyppää kyytiin! Olen menossa kaupunkiin. Kiitollisena Maaria istahti autoon. Bussilla matka kestäisi melkein tunnin. Hän kertoi oman autonsa epäonnesta. Nyt pelotti korjaamolta tuleva puhelu ja lasku.

- Aina näissä vanhoissa autoissa on jotain vikaa. Eikö sinun miehelläsi ole kuitenkin auto? Aamulla tulit töihin hienolla autolla? Ilmeisesti pääsit miehesi kyydissä?

Maariaa nolotti. Ei hän kehtaisi sanoa pomolleen, että hänen miehensä viis veisaa Maarian ongelmista. Oma napa on lähinnä.

- Aivan, kyllä, hänellä on työsuhdeauto. En minä saa sillä ajaa. Eikä hän halunnut tulla hakemaan minua, ei kuulemma ehdi. Työ on niin tärkeää.

- Vai niin.

Päiväkodin johtaja oli saanut käsityksen, että Maaria oli itsenäinen nainen, aikaansaapa, toimelias ja ahkera. Ellei nyt aivan feministi niin ainakin arvonsa tunteva. Siksi hänelle oli tarjottu työpaikkoja koko ajan. Olikin aikamoinen yllätys, että miesystävä oli Maarian "heikoin lenkki".

Maaria jäi kyydistä keskustassa. Jakke ei ollut vielä soittanut ja kotiin ei huvittanut mennä. Jospa kaupasta löytyisi vaikka uusi asu uuteen työhön. Saman tien soi puhelin. Maaria meni hiukan syrjemmälle ja vastasi Jaken puheluun.

- Moi. Olen vaihtanut autoon muutamia osia, luulen, että nyt toimii.

Vastaus seuraavaan kysymykseen pelotti Maariaa.

- Kiitos paljon. Mitä olen velkaa?

Maarialla ei juuri ollut säästöjä. Hän maksoi vuokrasta puolet ja muistakin kuluista puolet, Lasse oli siitä tosi tarkka. Oman auton kulut Maaria maksoi itse. Lassella oli huomattavan paljon suurempi palkka, mutta silti vaati tarkasti Maariaa maksamaan joka sentin. Aivan kuin he olisivat kämppiksiä eikä perhe, Maaria tajusi.

Maaria alkoi yhä selvemmin ymmärtää, että heidän parisuhteessaan oli jotain pahasti vialla. Oliko se edes parisuhde?

- Osa maksoi 200, työn osuus on 170. Yhteensä siis 370.

Maaria huokasi. Se oli paljon, mutta ei niin paljon kuin hän etukäteen pelkäsi. Jos tuolla rahalla saisi auton kuntoon niin kyllä sen maksaisi mielellään. Tilillä taisi olla vielä sen verran ja ensi viikolla tulisi lopputili edellisestä työstä.

- Kiitos, voinko tulla hakemaan auton vielä tänään?

- Tule, olen pajalla vielä pari tuntia.

Maaria hyppäsi bussiin ja käveli loppumatkan korjaamolle. Pakkanen alkoi hellittää. Ensi viikolla olisi kenties jo suojasää, jos ennusteet pitäisivät paikkansa.

Jakke heilutti pihassa kättään Maarialle. Punainen auto oli pihassa käynnissä.

- Nyt pitäisi taas olla pitkän aikaa huoletonta ajamista. Sinulla on siinä näpsäkkä ajopeli. Nämä pikkuautot ovat kovassa huudossa nykyään. Jos joskus olet myymässä sitä, kerro ensin minulle.

Maaria katsoi Jaken lämpimiin silmiin. Olivatko ne vihreät vai tummansiniset? Mahtoiko Sakella olla samanväriset? Kaksoset olivat tosiaan hämmästyttävän samannäköiset. Ehkä mies vain halusi piristää Maariaa kehumalla tämän autoa. Ja piristihän se.

Maarian ei tehnyt mieli mennä kotiin. Ilta Lassen kanssa sohvalla televisiota tuijottamassa ei juuri nyt houkutellut tippaakaan. Maaria tarttui puhelimeen.

- Äiti, oletko kotona tänään? Voisin tulla käymään.

Hänen äitinsä asui vajaan sadan kilometrin päässä,

mutta nyt oli kuiva pakkaskeli ja vielä valoisaa. Jos äidille vaan sopi, hän jäisi sinne yöksi ja palaisi vasta päivällä. Maarian isä oli kuollut pari vuotta sitten. Ärhäkkä tauti vei isän parissa vuodessa. Maaria oli aina ollut isän tyttö. Vieläkin tuli iltoja, jolloin kaipaus tuntui korventavan sisuskaluja. Olisipa ollut edes sisaruksia. Maaria oli ainoa lapsi.

- Ai nyt hetikö? Maarian äiti kuulosti siltä kuin olisi halunnut sanoa ei. Maaria tunnisti äänensävyn. Heillä ei koskaan ollut mitkään läheiset välit. Isän kuoleman jälkeen juopa oli pikemminkin kasvanut. Ehkä molemmilla oli vielä suruaika.

- Tule sitten. Tuleeko Lassekin?

- Ei tule.

Maaria laittoi Lasselle viestin, että menee äidin luo yöksi. Vastaus oli: ok. Ei muuta.

Ilta oli jo hämärtymässä, kun Maaria oli perillä. Hän parkkeerasi autonsa paikalle, missä isän auto oli ollut aina. Rivitalon päätyasunto oli kaukana parkkipaikalta. Maaria tallusteli hitaasti, katsellen tuttuja, lumisia maisemia. Tässä talossa heidän perheensä oli asunut koko hänen ikänsä. Äiti jäi tietenkin omaan kotiinsa asumaan isän kuoltua. Asunto oli hiukan liian suuri yhdelle, mutta koti ja tavarat olivat rakkaita.

Äiti avasi oven. Hän näytti väsyneeltä. Ennen aina niin huoliteltu nainen oli yöpaidassa, vaikka kello oli vasta seitsemän.

- Hei vaan, laitoin pöydälle syötävää. Ota sieltä.

Maaria vei laukkunsa huoneeseen, joka oli ollut hänen huoneensa aina. Siellä ei ollut muuttunut mikään. Ehkä huone pitäisi remontoida? Tehdä siitä aikuisten huone, vierashuone. Äidillä tosin ei tainnut käydä juuri vieraita. Maaria kävi aivan liian harvoin, kerran kuukaudessa, jos silloinkaan. Käynnit olivat joskus ahdistavia. He eivät saaneet puhuttua juuri mistään. Niinpä he tyytyivät istumaan tv:n edessä, kunnes oli aika mennä nukkumaan. Se oli tuttua Maarialle kotoakin.

Syötyään pari leipää, Maaria meni olohuoneeseen istumaan.

- Mitä Lasselle kuuluu? Miksi Lasse ei tullut mukaan?

Yksi harvoja asioita mikä sai äidin vielä innostumaan oli Lasse. Jo heidän seurustellessaan lukiossa, äiti kannusti Maariaa "pitämään kiinni" tuosta kultakimpaleesta. Lasse oli komea, hyvästä perheestä, tulisi luultavasti menestymään elämässä ja rikastumaan. Kun Lassesta tuli insinööri, äiti ei ollut pysyä nahoissaan. Insinööri, ajattele Maaria, seurustelet insinöörin kanssa äiti oli sanonut. Maarian valmistumista yliopistosta varhaiskasvatuksen opettajaksi äiti hädin tuskin noteerasi ollenkaan. Isä oli sen sijaan onnitellut Maariaa ylpeyttä puhkuen.

- Lasse jäi kotiin.

- Onko Lassella vielä se hieno auto? äiti kysyi. - Se

poika tulee menestymään elämässä. Johtaja ainesta… ja niin komeakin. Aina niin siistit hiukset ja jykevä leuka. Voimakkaat piirteet ovat voimakkaan miehen merkki.

Maaria mietti, voisiko äidille puhua heidän parisuhdevaikeuksistaan. Vai ehkä vain Maarialla oli ongelmia, ei Lassella.

- Äiti, olen vähän miettinyt…Lasse saattaa olla aika itsekäs silloin tällöin.

Äiti vilkaisi terävästi Maariaan.

- Mitä sinä tarkoitat? Itsekäs? Lassella on varaa olla hieman itsekäs, hän tuntee oman arvonsa. Et kai sinä ole tekemässä mitään hullua? Et kai ole suunnitellut mitään harkitsematonta?

Äiti näytti hätääntyvän ja Maariaa alkoi säälittää.

- En minä mitään ole suunnitellut. Me olemme kuitenkin seurustelleet jo vuosia, eikä suhde näytä edistyvän mihinkään.

Maaria katsoi pikkurillissään olevaa timanttisormusta. Sen kuuluisi olla nimettömässä.

- Lassella on ura. Sinun täytyy pitää huolta siitä, että Lasse menestyy ja etenee. Sehän on sinunkin etusi, kun olette joku päivä perhe ja sinusta tulee Lassen lasten äiti. Et voi koskaan löytää Lassea parempaa miestä. Sinähän et ole varsinaista malliainesta, tyttökulta. Olisit iloinen, että Lasse on huolinut sinut pörröhiuksinesi.

Äiti näytti olevan ihan tosissaan ja se teki Maarian vihaiseksi ja surulliseksi. Äiti ei ollut koskaan arvostanut häntä. Nyt hän taas muisti miksi vierailut äidin luokse ovat jääneet vähiin.

He istuivat vielä hetken hiljaa, kunnes hiljaisuus alkoi tuntua jo painostavalta. - Taidan mennä lepäämään, Maaria sanoi. - Hyvää yötä.

- Öitä, vastasi äiti.

Maaria heräsi äidin kolistellessa keittiössä. Ilmeisesti aamiainen oli valmis ja oli aika nousta ylös. Hän katseli huoneen seinillä olevia vanhoja julisteita ja kirjoituspöydän koulutarvikkeita. Tässä huoneessa hän oli unelmoinut ihanasta Lassesta, joka kaikkia todennäköisyyksiä vastaan oli valinnut hänet tyttöystäväkseen. Se oli hämmästyttänyt hänen lisäkseen monia muita. Tytöt olivat kateellisia, Lassen halusivat kaikki. Lukiossa hänellä oli jo autokin, isänsä ostama tietenkin. Voi sitä onnea kun juuri Maaria sai istua auton etupenkille, Lassen viereen. Nyt Maaria mietti vanhassa huoneessaan, miksi ihmeessä Lasse valitsi juuri hänet. Olisihan hän varmasti saanut kauniimpia ja rikkaampia tyttöjä koska vain. Maaria oli normaalivartaloinen, ei pyöreä, mutta ei myöskään laiha. Vallattomat vaaleat luonnonkiharat soljuivat puoleen selkään. Suuret siniset silmät olivat kenties hänen parhaita ominaisuuksiaan. Yhtä kaikki, Lassen kanssa alkoi seurustelu ja siitä asti he ovat olleet yhdessä. - Rakastanko Lassea? Olenko koskaan edes rakastanut? Maaria ajatteli kauhistuneena. Jos hän olikin vain rakastunut siihen, että häneen rakastuttiin.

42

Nyt oli vuosikymmen kulunut, oliko jo liian myöhäistä etsiä uutta suuntaa elämälleen? Maaria laahusti keittiöön. Äiti näytti pirteältä.

- Huomenta. Otatko kahvia?

- Kiitos.

- Minua jäi hieman askarruttamaan eilinen keskustelu, äiti aloitti. - Jos teillä on Lassen kanssa ongelmia, ehkä asialle pitäisi tehdä jotain.

- Kuten mitä? Maaria ihmetteli äidin yhtäkkistä kiinnostusta heidän parisuhteeseensa.

- Mitä jos sinä kosisit Lassea? äiti hymyili posket punaisina pöydän toisella puolella. - Otat härkää sarvista.

Maaria ei tiennyt olisiko suuttunut vai nauranut. Siinäpä vasta idea. Hänhän oli heilutellut sormustakin Lassen nenän edessä ilman minkäänlaista vaikutusta. Näytti siltä, että Lasse oli tyytyväinen asioiden tilaan näinkin.

- Ei Lasse halua mennä naimisiin. Oikeastaan en tiedä, mitä Lasse minusta haluaa. Paidan silittäjän? Siivoojan?

- Älä höpsi, tyttö. Tietenkin Lasse haluaa naimisiin ja perustaa perheen, sinun kanssasi. Mene kotiin ja kysy kysymys. Menetkö naimisiin kanssani? Maaria ei sanonut mitään. Hän vaihtoi puheenaihetta ja sopivan ajan kuluttua alkoi tehdä lähtöä kotiin. Ovella äiti vielä muistutti: - Muista kysyä kysymys. Ja kerro sitten, koska häät vietetään. Oi, minä olen niin ylpeä ja iloinen... Äiti hykerteli.

Maaria istui autoonsa. Se lähti käyntiin ensimmäisellä, vaikka pakkasta oli kymmenkunta astetta. Ehkä Jakke tosiaan sai sen tällä kertaa kuntoon. Matkalla Maaria mietti, pitäisikö tosiaan kysyä Lasselta suoraan, mennäänkö naimisiin. Entä jos Lasse suostuu? Halusiko hän enää edes viettää loppuikänsä Lassen kanssa. Viime viikot ja kuukaudet olivat mietityttäneet Maariaa. Olisiko elämällä tarjota muutakin kuin uraohjuksen paidansilittäjän virka.

Kotona kaikki oli ennallaan. Lasse oli lähdössä pelaamaan tennistä.

- Terveisiä äidiltä, Maaria sanoi.

- Ai, selvä. Mieti, meidän pääjohtaja pyysi minua pelaamaan kanssaan, ajattele, minua! Täytyy varmaan varoa, etten vaan voita häntä…myhäili Lasse, kun pakkasi reppuaan.

Lassea ei kiinnostanut Maarian äidin vointi, ei Maarian vointi, mutta kiinnosti pääjohtajan vointi.

Äkkiä Maaria sai ajatuksen. Hän päätti toteuttaa sen, ennen kuin jänistäisi.

- Lasse, menetkö sinä naimisiin minun kanssani?

Lasse oli jo menossa kassinsa kanssa ovea kohti, mutta kääntyi.

- Mitä sinä sanoit?

- Mennään naimisiin? Maarian ääni kuulosti epävarmemmalta, kuin oli tarkoitus. Entä jos Lasse suostuukin. Voisiko kosintaa enää perua.

Lasse tuijotti Maariaa kuin vähä-älyistä.

- Jopa sinä vitsin murjaisit. Ei meidän naimisiin kannata mennä, hupsu tyttö. Meillä sujuu aivan hyvin näin. Mikäs meillä on ollessa, meillähän on kaikki mainiosti. Naimisiin…johan oli juttu, hekotteli Lasse ja lähti.

Siinä se sitten tuli. Maaria lysähti sohvalle. Kai hän oli tämän aavistanut. Lasselle riitti työelämän haasteet ja uralla eteneminen. Maaria meni jossain siinä sivussa, kun ei parempaakaan ollut tarjolla, eikä ollut aikaa etsiä.

Maaria sen sijaan halusi enemmän. Kenties joku päivä aviomiehenkin ja lapsia, mutta ennen kaikkea kunnioitusta, hyväksyntää, tasa-arvoa, hellyyttä ja rakkautta. Hänen elämästään puuttui jotain.

Uusi työ alkaisi viikon päästä. Hänellä olisi ainakin vuoden verran säännölliset tulot. Päähänpistosta Maaria alkoi katsella asuntoilmoituksia. Pelkkä vuokrattavien asuntojen selailu toi Maarialle syyllisen olon. Mitä jos Lasse huomaa, että hän on katsellut kämppiä.

Hän ei ollut koskaan asunut yksin. Itse asiassa, hän oli aina asunut Lassen kanssa. Mahtaisiko hän edes pärjätä yksikseen. Entä sitten Maarian äiti? Hän varmaan saisi kohtauksen ja katkaisisi välit Maariaan kokonaan.

Asuntoja ei ollut paljon tarjolla. Useimmat olivat liian kalliita tai liian kaukana. Maaria halusi ehdottomasti asunnon läheltä uutta työpaikkaansa. Lasse luultavasti jäisi tähän asumaan, siihen hänellä toki oli varaakin, vaikka Maaria ei olisi maksamassa puolta vuokrasta.

Eräs sopiva huoneisto herätti Maarian kiinnostuksen.

Se oli kolmen kilometrin päässä päiväkodista, vuokra oli edullinen ja luhtitalo näytti viehättävältä. Maaria mahtuisi tavaroineen pieneen kaksioon. Osan tavaroista voisi tarvittaessa viedä äidin asuntoon säilytykseen. Luultavasti kuitenkin Lasse pitäisi irtaimiston, hän ne oli ostanutkin, muutamaa huonekalua lukuun ottamatta. Maariaa jännitti. Uskaltaisiko soittaa ja kysyä näyttöä. Etenikö hän liian nopeasti? Kuinka Lasse suhtautuisi, jos hän lähtisi? Pitääkö hänen varata aika psykologille? Onko hän tulossa hulluksi...

Reippaasti Maaria kuitenkin soitti ilmoituksessa olevaan numeroon.

- Koskela.

Koskela...Koskela? Maarian päässä suhisi. Ei kai Jakke tai pahemmassa tapauksessa Sakke Koskela. Paniikissa hän painoi punaista luuria. Onpa noloa. Koskela –nimisiä on tosin Suomi pullollaan, on hyvin epätodennäköistä että sama Koskela tulee Maarian kohdalle kerta toisensa jälkeen.

Puhelin soi.

Maaria tuijotti numeroa. Se oli asunnon vuokraajan numero. Voi hyvä tavaton sentään, vastaanko vai en?

- Ha..haloo...Maaria vastasi varovasti. Hän mietti, olisiko pitänyt muuttaa ääntään siltä varalta, että luurin toisessa päässä oli Sakke Koskela.

- Sakke Koskela tässä, moi. Soitit äsken? Puhelu taisi katketa.

Maarian kasvot läikähtelivät punaisena. Onneksi kukaan ei ollut näkemässä. Sakkehan se, nyt Maaria tunsi jo äänenkin, ihanan tumman miehekkään äänen. Nyt olisivat hyvät neuvot kalliit. Kuuna päivänä hän ei tunnustaisi Sakelle, että on etsimässä omaa asuntoa, juuri kun heillä oli ollut epäilyttävä episodi huuruisessa autossa. Lassen, Maarian poikaystävän, yllättämänä.

- Kas Sakkehan se siellä, tässä on Maaria. Maaaaria, heh heh.

Maaria mietti kuumeisesti, kuinka selittäisi puhelunsa.

- Ai Maaria. Sinulla tuntuu olevan joka päivä asiaa minulle. Sehän on vallan mukavaa. Kuinka voin tällä kertaa olla avuksi? Jäikö auto tien poskeen? Onko sormus tallella?

Maaria vilkaisi pikkurillissä hohtavia timantteja. Sormus oli tallella, mutta kihloja ei ollut näköpiirissä.

- Sormus on tallella. Tuota... soittelin asunnosta. Tätini etsii asuntoa ja huomasin ilmoituksen. Vuokraatko sinä sitä?

- Kaksio? Kyllä, se on vapaana. Haluaisiko tätisi tulla katsomaan sitä?

- Haluaisi. Tai... minä voisin tulla noin alustavasti katsomaan, onko se sopiva. Täti luottaa täysin minun arvostelukykyyni... Maaria selosti.

- Sopiihan se. Käykö nyt vai heti?

Maaria mietti. Lasse olisi poissa ainakin pari tuntia.

Siinä välissä ehtisi käydä näytöllä.

- Nähdään siellä vartin päästä.

Maariaa jännitti aivan hirveästi. Hän tunsi itsensä petolliseksi naiseksi. Mitä Lassekin sanoisi, jos tietäisi hänen vehkeilevän tällä tavalla hänen selkänsä takana. Kaiken kukkuraksi hän tuli käyttäneeksi rakasta edesmennyttä tätiään alibinaan, verhotakseen katalat aikeensa. Täti ymmärtäisi. Siksi täti antoi sormuksenkin Maarialle.

Sakke seisoi jo parkkipaikalla, uljaana kuin viikinki, kun Maaria ajoi pihaan. Tällä kertaa karvareuhka oli jäänyt kotiin ja miehellä oli tyylikäs untuvatakki yllään. Sakke näytti sporttiselta, kuin valmiina laskettelemaan Alpeilla hiukset hulmuten. Maarian vatsaa kipristeli, monestakin eri syystä. Eikä vähiten siitä, että sai jälleen tavata Saken.

- Mennään sisälle.

Maaria kipitti Saken perässä portaita ylös.

- Ei kai portaiden nousu haittaa tätiäsi? Sakke kääntyi Maarian puoleen. - Kai hän on hyvässä kunnossa?

- Ehei, ei haittaa portaat ollenkaan, Maaria sanoi ja pyysi mielessään anteeksi korkeammalta hengeltä jos tämä kaikki pilkkasi kuollutta. Se ei ollut tarkoitus.

Asunto oli mukava. Neliöitään suurempi, kuten on tapana sanoa. Makuuhuone oli pieni, olohuone oli valoisa. Kylpyhuone oli remontoitu ja asunnossa oli jopa pikkuinen sauna. Parvekkeelta oli näköala puistoon. Maaria näki jo sielunsa silmillä, miten sisustaisi pienen asunnon kodikseen.

- Sinulla on siis kaksi tätiä? Sakke kysyi yllättäen. Maarian kasvot punehtuivat. Missä välissä hän oli ehtinyt kertoa, että hänellä oli vain yksi täti, hänkin ikävä kyllä kuollut.

- Juu, tuota, kyllä vain. Tämä toinen on asunut Amerikassa koko ikänsä, mutta on nyt muuttamassa Suomeen. Me emme ole olleet tekemisissä juurikaan, mutta nyt täti haluaa muuttaa minun lähelleni. Maaria ihmetteli, mistä näitä valeita oikein sikiää.

- Mistä päin Amerikkaa tätisi muuttaa? Tämäkin vielä. Tarvitsiko tuohon edes vastata. Mitä se Sakelle kuuluu.

- Nebraskasta, Maaria sanoi kuitenkin. Hänelle ei tullut muuta mieleen. Nebraskassa oli ollut hänen ystävänsä vaihto-oppilaana lukioaikoina. Siellä tuskin Sakellakaan olisi sukulaisia.

- Se onkin mukava osavaltio. Olin siellä vaihto-oppilaana lukioaikoina. Voi herranen aika sentään, ajatteli Maaria kauhuissaan. Kohta varmaan selviää, että Maarian koulukaveri oli samassa koulussa Nebraskassa Saken kanssa.

- Täytyypä kysyä tädiltäsi, onko meillä yhteisiä ystäviä… Sakke jatkoi ja vilkaisi Maariaa huvittuneena.

- Juu, ilman muuta.

Maaria tunsi asunnon jo kodikseen, niin oudolta kuin se kuulostikin.

- Voitko varata tämän hetkeksi, jotta voin miettiä tovin? Maaria kysyi. - Tai siis että ehdin keskustella tädin kanssa asiasta.

Hänen olisi saatava ajatukset selväksi ennen kuin tekisi mitään peruuttamatonta. Ero Lassesta olisi valtava elämänmuutos. Lähes kymmenen vuoden yhteistä elämää ei päätetä kevyesti. Eikä Maarialla ollut aavistustakaan, miten Lasse suhtautuisi hänen lähtöönsä.

- Milloin tätisi tulee Suomeen?

- Viikon päästä, Maarialta pääsi. - Mutta minä aion ehdottomasti suositella hänelle tätä ihanaa asuntoa. Onko tässä suuri vakuus?

Maaria pohti, löytyisikö häneltä tarpeeksi suuri summa vakuutta varten. Äidiltä voisi kysyä, mutta todennäköisesti äiti olisi niin vihainen Maarian jättäessä Lassen, ettei apuja löydy tähän hätään. No, se on sen ajan murhe.

- Parin kuukauden vuokran verran. Siitä voidaan kyllä sopia erikseen, kun asukkaaksi tulee kuitenkin täti Amerikasta asti, Sakke hymyili.

Aavistiko mies jotain, Maaria ajatteli kauhuissaan. Ei kai häneltä ollut taas lipsahtanut mitään.

- Sopiiko, jos palaan asiaan ensi viikolla? Ilmoitan heti kun tiedän.

Ilmeisesti asunto oli ollut tyhjillään jonkin aikaa. Kiirettä vuokraamiseen ei näyttänyt olevan.

- Sopii hyvin. Odottelen soittoasi, on aina yhtä mukavaa kuulla sinusta.

Maaria lähti ajamaan kotiin tunnemyrskyssä. Hän oli kokenut valaistumisen. Nyt hän tiesi, mitä halusi. Hän halusi tuon asunnon, oman kodin, oman elämän. Nyt olisi vielä ratkaistava eräs ongelma: Lasse. Lasse ei ollut vielä palannut, kun Maaria tuli kotiin. Tässä olisi hetki aikaa hioa strategiaa. Töksäytänkö suoraan, että haluan erota. Vai kannattaisiko nyt kuitenkin nukkua yön yli. Mitä valittamista hänellä oikeastaan oli? Hän oli pitkässä parisuhteessa, menestyneen, komean miehen kanssa, joka ei ole väkivaltainen eikä hauku. Ei kyllä juuri puhu eikä pussaakaan. Elämä voisi jatkua näin loputtomiin, ilman yllätyksiä, kenties ilman lapsia ja avioliittoakin. Lasse ei ollut koskaan puhunut lapsista. Autoista, matkoista ja kaikesta muusta luksuselämästä kylläkin. Maaria huokasi. Kenties hän oli hätiköinyt. Onneksi ei tullut laitettua nimeä vuokrapaperiin. Huomenna voisi soittaa Sakelle, että "täti" oli perunut aikeensa vuokrata asunto Suomesta.

Ovi kävi. Lasse tuli kotiin. Hän näytti olevan aivan loistavalla tuulella.

- Olipa mahtava peli. Meillä synkkasi pomon kanssa, tämä tietää hyvää tulevan ylennyksen ja palkankorotuksen kannalta.

Lasse ei näyttänyt enää muistavan Maarian pikaista kosintaa, kun eteen oli tullut tärkeämpiäkin asioita.

- Onneksi olkoon, sanoi Maaria vaimeasti.

Koska Lasse oli noin iloinen, Maaria päätti kuitenkin nostaa kissan pöydälle.

- Oletko miettinyt meidän kahden tulevaisuutta? Lasse vilkaisi Maariaa ärtyneenä. Hän oli onnensa kukkuloilla onnistuneen pelin jälkeen, eikä halunnut pilata sitä ihmissuhdelätinällä.

- Tarkoitatko sinä sitä hullua kosintaasi, naurahti Lasse. - Et kai sinä ollut tosissasi? Eihän meillä ole koskaan ollut sellaisia suunnitelmia.

Maariaa kylmäsi. Kyllä hänellä oli ollut sellaisia suunnitelmia.

- Minä haluan lapsia ja perheen.

Lassea selvästi ärsytti, hän alkoi kiihtyä yhä enemmän.

- Lapsia? Etkö sinä saa tarpeeksesi lapsista siellä lastentarhassa, pitääkö niitä olla vielä kotonakin. Ei, en kaipaa lapsia. En tiedä, tulenko koskaan haluamaan lapsia. Haluan olla vapaa ja pitää hauskaa, matkustella ja syödä ravintoloissa. Käyttää rahaa miten haluan, ostaa tavaroita. Ei, en todellakaan halua lapsia ehkä ikinä. Aivan hullua!

Maaria istui sohvan nurkassa jähmettyneenä. Vaikka hänet olisi piesty nahkavyöllä, häneen ei olisi voinut sattua enempää kuin nyt. Kylmät, karut sanat pureutuivat hänen aivoihinsa kuin naulat. Miksi tämä asia tulee esiin vasta nyt, kymmenen vuoden jälkeen. Olisi pitänyt puhua, olisi pitänyt kysyä, olisi pitänyt tajuta.

Sillä hetkellä Maaria tiesi, ettei heillä ollut tulevaisuutta Lassen kanssa. Hänen olisi edes yritettävä toteuttaa haaveensa ja elää haluamaansa elämää. Niinhän Lassekin teki, se hänelle suotakoon.

- Lasse, meidän täytyy erota.

Maaria oli tunnekuohun vallassa, mutta ei silti ollut koskaan ollut varmempi mistään. Hänen äänensä ei tärissyt eikä kädet vapisseet. Lasse vilkaisi Maariaa yllättyneenä. Hän kohotti kulmiaan ja näytti miettivän kuulemaansa. Hän istahti Maarian viereen ja kietoi kädet hänen ympärilleen.

- No no, äläs nyt sentään, enhän minä sinua jätä. Älä pelkää. Jatketaan, kuten ennenkin. Meillähän on hyvä näin. Kyllä sinä minulle kelpaat ja riität.

- Minulle ei riitä, että kaikki jatkuu kuten ennen, Maaria sanoi hiljaa.

- Aiotko sinä kiristää minut naimisiin kanssasi? Lasse kiivastui. - Sinustahan paljastuu aivan uusia puolia.

Tuohtuneena Lasse ravasi keittiön ja olohuoneen väliä muutaman kerran. Hän näytti punnitsevan vaihtoehtoja. Hetken kuluttua Lasse kuitenkin asettui aloilleen ja totesi: - Ehkä naimisiinmeno ei olekaan hullumpi idea. Voisimme pitää komeat häät, jossain kartanossa vaikka. Kutsutaan sinne pomo ja muita yhteistyökumppaneita. Ehkä kunnon kampaaja ja meikkaaja saisi sinustakin esiin kauniin morsiamen. Naimisiinmeno saattaa nostaa asemaani yrityksessä. Aviomies... Lasse tunnusteli sanaa suussaan.

- Mutta avioehto meidän täytyy joka tapauksessa

laatia. Minulla on paljon suurempi omaisuus. Ilmeisesti Lasse näki sielunsa silmin itsensä komeana sulhasena käyskentelemässä kartanon leveitä portaita pomon ihailevan katseen alla.

Lassella ei ollut hajuakaan siitä, mitä Maaria halusi, Maaria oli nyt siitä täysin varma. Hän tunsi surua ja pelkoa tulevaisuudestaan, mutta oli pakko tehdä kipeä päätös.

- Muutan pois, etsin oman asunnon mahdollisimman pian.

Lasse tuijotti epäuskoisena Maaria ja alkoi sitten nauraa kovaan ääneen.

- Et voi olla tosissasi. Älä naurata! Minähän lupasin mennä jo naimisiinkin jossain vaiheessa. Lapsistako se nyt sitten on kiinni… mieti nyt itsekin, itkeviä kitisijöitä. Ja minne sinä muka muuttaisit? Et sinä osaa hoitaa asioitasi, olet koko ikäsi ollut vain minun kanssani.

Lassen mielestä ei näyttänyt olevan mahdollista, että hän, aikuinen nainen osaisi pitää huolta itsestään ja asioistaan. Itse asiassa Maaria oli se, joka hoiti laskut, paperit ja kodin.

- Alan huomenna pakata tavaroita, Maaria sanoi ja nousi sohvalta.

- Sinä bluffaat, Lasse tuhahti. - En usko että sinä olet lähdössä yhtään mihinkään. Sinulla on minun kanssani liian hyvät oltavat, että haluaisit luopua siitä.

Hyvät oltavat? Maaria mietti. Olihan hänellä katto pään päällä ja ruokaa jääkaapissa, kun maksoi puolet vuokrasta ja ruokalaskusta. Lisäksi hän sai toimia piikana ja satunnaisesti myös rakastajattarena. Siihenkään ei ollut enää aikaa, kun tennis näytti vievän voimat.

Ei. Nyt riitti. Hän tunnusteli timanttisormusta pikkurillissään ja lupasi mielessään, että joku päivä se on vasemmassa nimettömässä. Ehkä vielä ei ollut liian myöhäistä. Huomenna olisi Maarian loppuelämän ensimmäinen päivä.

4

Loppuelämän ensimmäinen päivä

Lasse lähti aamulla töihin sanomatta sanaakaan. Luultavasti hän odotti Maarian pyytävän anteeksi eilistä käytöstään ja katuen anovansa, että Lasse ei jättäisi häntä.

Mitään sellaista Maarialla ei kuitenkaan ollut pienessä mielessäänkään. Maarialla oli viikko vapaata ennen kuin aloittaisi uudessa paikassa. Se sopi paremmin kuin hyvin. Ensi töikseen hän vahvistaisi ottavansa asunnon.

Numero löytyi puhelimesta nimellä "uusi koti". Hän soitti siihen. Mitähän Sakke tuumaa, kun hän kertoo muuttavansa sinne. Tai no täti.. ehkä täti olisi jo ehtinyt perua tulonsa Suomeen tai jotain…

Naisen ääni vastasi: Koskela. Maarialla meni hetkeksi pasmat sekaisin. Tätä hän ei ollut odottanut.

- Onkohan tämä oikea numero…Maaria aloitti. -

Kävin katsomassa viime viikolla asuntoa.

- On tämä, Sakke kertoikin, että oli käynyt näyttämässä sitä. Joku Amerikan täti kuulemma oli kiinnostunut.

Maarian posket punehtuvat, kun hän muisti satuilunsa tädistä ja Nebraskasta.

- Aivan, juuri niin. Jos vain mahdollista, haluaisin vuokrata sen mahdollisimman pian. Vaikka heti.

- Kyllä se sopii. Voisimme tavata asunnolla heti tänään, pääsetkö?

- Ai sinun kanssasiko? Eikö Saken?

Nainen naurahti. - Minun, onhan se minun asuntonikin.

- Ahaa, en tiennytkään.

Tämäpä yllätys. Maaria kokosi itsensä ja sai sovittua tapaamisen iltapäivälle. Puhelun loputtua hän huokasi syvään. Olisi pitänyt arvata, että kuvioissa on joku nainen. Tietenkin. Samanniminen eli hänen täytyy olla Saken vaimo. Jospa nainen olisikin Saken äiti? Tai sisko? Täti?

Tuskin Maaria niin onnekas on, että nainen olisi sukulainen. Mitäpä tuosta. Hän oli päättänyt alkaa elää itsenäisen naisen elämää, mihin ei miestä kuulunut. Nykyään jopa lasten hankkiminen lienee mahdollista yksin. Se olisi kyllä kovin surullista.

Maaria silmäili ympärilleen asunnossa. Hänen tavaroistaan ei tulisi suurta muuttokuormaa. Vaatteet voisi kuljettaa muutamassa roskapussissa. Ehkä keittiöstä joutaisi muutama haarukka ja veitsi, kuppeja, äidin antamat lakanat. Tavaroista hän ei alkaisi riitelemään. Niitä saa uusia vaikka kirpputorilta. Hänellä ei ollut aavistustakaan, miten Lasse tulisi suhtautumaan tähän. Todennäköisesti Lasse uskoo heidän jatkavan samaan malliin.

Sovittuun aikaan Maaria ajoi pienen autonsa luhtitalon pihaan. Tällä kertaa pihalla ei seisonut ketään. Toki pakkastakin oli taas yli kymmenen astetta. Maariaa jännitti. Hän nousi portaat toiseen kerrokseen hitaasti. Vatsaa kipristeli. Oliko hän tekemässä elämänsä suurimman virheen?

Hän painoi ovikelloa.

- Ai hei, sinä olet varmaankin Maaria?

Oven avasi pitkä, hoikka, kaunis nainen, kuin supermalli, minun vastakohtani, ehti Maaria ajatella. Tämä nainen ei ole ainakaan Saken äiti, eikä myöskään täti, se oli sanomattakin selvää.

- Tule peremmälle, laitoin kahvia. Minä olen Saija, Saija Koskela.

Maaria seurasi naista olohuoneeseen. Pöydälle oli katettu kahvikupit ja keksejä.

- Tuota... voisin sittenkin tehdä vuokrasopimuksen ihan omiin nimiini, jos sopii, Maaria aloitti.

Nainen katsoi häntä tutkivasti, mutta ei sanonut mitään.

- Tietenkin. Se sopii oikein hyvin. Asunto on ollut jonkin aikaa tyhjillään. Asuin täällä itse monta vuotta, ostin tämän, kun sain pienen perinnön. Sitten tapasin mieheni... Naisen huulilla häivähti hymy, selvästi rakastuneen naisen hymy, - ja muutimme

57

yhteen. Asumme nyt parin kilometrin päässä. Siellä on enemmän tilaa.

Vaikka kaiken tämän kuuleminen oli karvasta kalkkia Maarialle, hän ei voinut olla pitämättä naisesta. Hän tuntui ystävälliseltä ja lämpimältä. Ei mikään ihme, että Sakke oli rakastunut häneen. Ei voinut muuta kuin olla onnellinen heidän puolestaan.

- Asunnossa on vielä joitakin tavaroitani, kuten tämä keittiön kalusto. Haluat tietenkin tuoda omat huonekalusi. Lupaan siirtää tavarat varastoon, ennen kuin muutat.

Maaria mietti, kehtaisiko sanoa ja sanoi: - Tuota... minun puolestani kalusteet saavat jäädä tänne. Eipä tarvitse kanniskella huonekaluja edestakaisin.

- Oletko varma? nainen kysyi yllättyneenä.

- Saattaa olla, että nykyinen kämppäkaverini ei suhtaudu muuttooni kovin hyvin ja rupeaa hankalaksi. Mitä vähemmän joudun tavaroista tappelemaan, sen parempi.

- Ahaa, ymmärrän. Ilmeisesti mies? Olen ollut itsekin vastaavassa tilanteessa. Voin kuitenkin luvata sinulle, että kaikki järjestyy. Se saattaa viedä hetken, mutta sitten kaikki on paremmin.

Nainen oli hiljaa ja näytti vakavalta. Ehkä ikävät muistot palasivat hetkeksi mieleen.

- Tehdäänkö niin, että ilmoitat minulle, mitä et tarvitse ja viedään sitten ylimääräiset pois. Sopiiko? Pääset muuttamaan heti.

- Se olisi aivan mahtavaa, Maaria sanoi.

He allekirjoittivat paperit ja Maaria sai Saijalta

avaimet. Pihalla Saija kääntyi vielä Maarian puoleen: - Jos sinulle tulee ongelmia, voit soittaa minulle. Tarkoitan, mitä tahansa ongelmia.

Maaria ei uskonut, että ainakaan Lasse aiheuttaisi hänelle minkäänlaisia ongelmia, mutta hän kiitti tarjouksesta ja oli siitä iloinen. Hänellä ei ollut oikeastaan ystäviä. Työkavereita, mutta ei hän heidän kanssaan ollut tekemisissä työn ulkopuolella. Entiset opiskelukaverit eivät pitäneet yhteyttä, monella oli jo perhe ja lapsia. Kunpa hänellä olisi ollut edes sisaruksia. Jotenkin oli vain käynyt niin, että Maaria oli jumiutunut Lassen kanssa kotiin. Lassellakin oli sentään tenniksensä ja työkaverit. Nyt kaikki muuttuisi. Maaria aikoi ottaa oman elämänsä haltuun ja tehdä siitä juuri sellaisen kuin itse halusi.

Maaria oli kasannut tavaroitaan eteiseen kun Lasse palasi töistä. Maaria oli vienyt asuntoon jo omat vaatteensa ja itse ostamiaan tavaroita. Muutamasta esineestä pitäisi neuvotella Lassen kanssa.
Lasse tuijotti laatikoita epäuskoisena.
- Ihanko tosissaan sinä nyt olet mukamas lähdössä? Mitä jos nyt vaan unohtaisit koko hölmön idean niin minäkin lupaan unohtaa.
Maaria ei ollut kuulevinaan.
- Voinko ottaa sauvasekoittimen? Sinä et varmaan tarvitse sitä.
Lassen leukaperät kiristyivät.
- Kyllä minä tarvitsen sauvasekoitinta, tarvitsenpa

hyvinkin. Et voi ottaa sitä, piste! Lasse rynnisti keittiöön ja tuntui tarkistavan, onko hänen omaisuuttaan viety. Näytti kuitenkin siltä että kaikki oli paikoillaan.

Maaria otti pahvilaatikosta sauvasekoittimen ja vei sen keittiön pöydälle. Lasse aukoi vimmaisesti kaappeja makuuhuoneessa ja huomasi niiden tyhjentyneen Maarian vaatteista.

- Nyt lopetat tämän idioottimaisen touhun ja heti! Lasse huusi. - Et sinä voi jättää minua. Mitä minun työpaikallanikin sanotaan... Jos joku jättää, niin se olen minä. Minä jätän sinut! Mene! Katsotaan sitten, kuinka pian ryömit anelemaan, että ottaisin sinut takaisin.

- Pidän avaimen kuun loppuun asti, Maaria sanoi uhmakkaasti, vaikka Lassen huuto oli suoraan sanoen pelästyttänyt hänet. - Haen vielä omia tavaroitani täältä myöhemmin.

- Mitä omia tavaroita sinulla muka on? Kaikki on minun ja minun rahoillani ostettu. Jos kosket mihinkään minun omaani, laitan poliisit perään. Hemmetti sentään, mikä hullu.

Maaria otti laatikon kainaloonsa ja pussit toiseen käteen ja painui ulos. Autoon päästyään hän purskahti itkuun. Tämä tulisi olemaan paljon rankempaa kuin hän oli kuvitellut.

Maaria kantoi tavarat uuteen kotiinsa. Koti? Voisiko hän joku päivä sanoa tätä asuntoa kodikseen. Tällä hetkellä kaikki tuntui aivan liian hirveältä. Hän ei ollut koskaan nähnyt Lassea noin vihaisena.

Maaria petasi sänkyyn lakanat. Onneksi Saija oli jättänyt asuntoon muutaman huonekalun, Lasselta oli turha odottaa mitään armeliaisuutta. Jaksamatta purkaa yhtään laatikkoa tai kassia, hän meni sänkyyn pitkäkseen ja nukahti heti.

Aamulla Maaria ei ensin muistanut, missä oli. Kellon täytyi olla jo paljon, koska ikkunoista tulvi valoa huoneeseen. Vaikka olikin vielä sydäntalvi, orastava kevät antoi merkkejä itsestään.

Maaria nousi ylös ja keitti kahvit Saijan huoneistoon ystävällisesti jättämällä Moccamasterilla. Kuppi kädessään hän katseli ympärilleen. Asunto oli todella viihtyisä näin keskeneräisenäkin.

Maaria päätti hakea tänään loput tavaransa ja jättää avaimet. Mitäpä tuota pitkittämään. Lasse olisi töissä, näin vältettäisiin kiusallinen kohtaaminen. Sen jälkeen voisikin mennä käymään äidillä ja kertoa uutiset. Kenties äidiltä myös saisi mattoja tai vaikka astioita.

Tuumasta toimeen. Lasse olisi jo lähtenyt töihin. Menikö ryppyisessä paidassa vai oliko mahtanut silittää paidan ihan itse, Maaria tuumi.

Pihaan päästyään hän kulki tutun reitin kenties viimeistä kertaa. Painoi tuttua hissin nappulaa ja avasi oven. Asunnossa ei ollut ketään. Hän jätti avaimet keittiön pöydälle ja lähti.

Seuraava koitos jännitti melkein enemmän kuin Lassen kohtaaminen. Äiti ei sulattaisi Maarian päätöstä. Sille ei nyt voinut mitään.

61

Äiti näytti yllättyneeltä, kun Maaria oli hänen ovellaan keskellä päivää, arkena.

- Mitä ihmettä...

Maaria astui sisään, riisui vaatteet ja meni olohuoneeseen.

- Minulla on tärkeää asiaa.

Äiti tuli perässä. Äkkiä hänen ilmeensä muuttui maireaksi.

- Vai "tärkeää asiaa". No mitähän se mahtaa olla? Liittyykö siihen kenties Lasse?

- Itse asiassa kyllä, Maaria sanoi ja tajusi samalla kauhistuksekseen, että äiti varmaan luuli, että hän ilmoittaa kihlauksesta tai häistä. Vaistomaisesti hän kosketti pikkurillissään kimaltelevaa sormusta. Tällä kertaa sormus muistutti häntä nöyryyttävästä kosinnasta ja Lassen torjunnasta.

- Näitä uutisia olenkin odottanut kauan, äiti sanoi hymyillen. - Tässä on jo tuhlattu kohta kymmenen vuotta. Jo on aikakin tapahtua. Olen iloinen tyttöseni. Et olisi voinut parempaa miestä saada, kuin Lasse.

Maaria nieleskeli avuttomana eikä saanut sanaa suustaan. Kestäisikö äidin terveys hänen hirveät uutisensa? Vaihtoehtoa ei kuitenkaan ollut.

- Me erosimme Lassen kanssa, Maaria töksäytti suoraan.

Äidin ilme ei olisi voinut olla kauhistuneempi vaikka hän olisi sanonut kuolevansa huomenna.

- Siis mitä? Mitä sinä sanoit?

- Muutin pois tänään, minulla on oma asunto kaupungissa.

Äidin ilme oli epäuskoinen.

- Heittikö Lasse sinut pois? Onko hänellä joku uusi nainen? Joku parempi?

Maaria huokasi. Tietenkin äiti arvelee Lassen löytäneen jonkun "paremman".

- Minä jätin Lassen, sanoi Maaria uhmakkaammin, kuin oli tarkoittanut. - Minä lähdin, koska haluan elämältä eri asioita, kuin Lasse. Haluan perheen, lapsia, elämää ympärilleni. Minulle ei riitä pelkkä mammona ja esineet.

- Oletko sinä tullut hulluksi? Äiti suorastaan huusi. - Nyt menet heti takaisin ja pyydät anteeksi Lasselta. Ehkä vielä ei ole liian myöhäistä, ehkä hän antaa anteeksi ja ottaa sinut vielä. Voi hyvä tavaton sentään, mitä hullua. Minä voin soittaa Lasselle ja yrittää selittää asiaa.

Maaria nousi ylös ja lähti ovelle. Matot ja astiat täytyy jättää seuraavaan kertaan. Äidillä olisi tässä uutisessa sulateltavaa hetkeksi. Luultavasti Maaria ei olisi tervetullut vähään aikaan.

- Soitellaan, Maaria sanoi, mutta äiti ei vastannut.

Kotiin päästyään Maaria alkoi järjestellä uutta kotiaan. Hän kävi ostamassa verhot ja maton, ei muuta. Hänellä oli kuitenkin loppuelämä aikaa sisustaa, eikä hän halunnut tuhlata rahaa. Palkan piti riittää nyt laskuihin. Ei ollut Lassea jakamassa kuluja. Onneksi koti oli vähintäänkin asuttavassa kunnossa, kiitos Saijan jättämien tavaroiden. Maarialle jäi lomavii-

63

kolla aikaa tutustua myös ympäristöön, hän teki pitkiä kävelyretkiä ja kävi uudella työpaikallaankin. Lassesta sen sijaan ei kuulunut mitään. Ei pihahdustakaan. Ei tekstaria, puhelua, viestiä. Se oli sitten siinä. Ilmeisesti ero ei ollutkaan sitten Lasselle vaikeaa. Äidille Maaria oli yrittänyt soittaa, mutta puhelu oli ollut lyhyt. Äiti ei varmaan koskaan antaisi anteeksi Maarian tekoa.

Ensimmäisenä päivänä uudessa työssään Maaria suorastaan puhkui intoa. Hän oli jo kaivannut muiden seuraan. Hän ikävöi lasten iloista meteliä ja naurua. Ehkä työkavereista tällä kertaa löytyisi joku hyvä ystäväkin.

Hän oli ajoissa päiväkodilla ja valmis ottamaan vastaan hoitoon tulevat lapset. Hän oli päättänyt opetella tuntemaan lapset ja lasten vanhemmat mahdollisimman pian.

Riitta, hänen esimiehenä, oli hänen kanssaan, esittelemässä taloa ja lapsia.

- Meillä on aivan mahtava porukka. Ei minkäänlaista harmia lasten eikä vanhempien taholta. Hoitajat viihtyvät töissä. Useat ovat olleet täällä jopa yli kymmenen vuotta. Uskon, että sinäkin tulet viihtymään.

Maaria ei epäillyt sitä hetkeäkään. Ovesta tulvi sisään hyväntuulista pikkuväkeä, jotka halasivat vanhempiaan ennen kuin juoksivat touhuihinsa.

- No mutta hei, Maaria, sinäkö se siinä?

Maaria katsahti ylös ja näki Saijan seisovan ovella kahden lapsen kanssa. Toinen oli ehkä kolmen ja toinen nuorempi, ehkä vasta yksi -vuotias.

- Hei, minähän se. Teidän lapset ovat sitten täällä hoidossa, sepä mukavaa, Maaria sanoi, vaikka kirpaisi nähdä, että paitsi parisuhde, Sakella oli myös kaksi kaunista lasta yhdessä Saijan kanssa.

- Tämä oli mieluisa yllätys. Tässä ovat Samu ja Sisse, Saija esitteli pienokaiset. - Useimmiten minä tuon ja haen heidät. Silloin tällöin myös mieheni hakee, jos minulla on este.

- Aivan niin, tietenkin.

- Oletko saanut asunnon kuntoon? Tarvitseeko sieltä viedä jotain pois?

- Vähitellen...ja kiitos, pidän mielelläni huonekalut. Siitä on suuri apu.

- Kiva kuulla. Soittele, jos tarvitset jotain apua.

Saijan lähdettyä Riitta tuli hänen luokseen.

- Niin mukava perhe tuokin, vaatimattomia ja helposti lähestyttäviä, vaikka asuvat kartanossa ja omistavat yrityksiä. Kaikille ei nouse menestys päähän.

- Vai niin, Maaria sanoi. - Saija sattuu olemaan minun vuokraemäntäni.

- Ihanko totta? En ollenkaan ihmettele, he taitavat omistaa enemmän ja vähemmän kiinteistöjä tässä kaupungissa.

Maaria ihmetteli yhä enemmän. Miksi ihmeessä Sakke ajoi hinausautoa, jos omisti puoli kaupunkia? Vai oliko hänen vaimonsa se rikas osapuoli. Mutta mitäpä tuo hänelle kuului.

Loppupäivä meni vilauksessa. Lumileikit ulkona saivat Maariankin posket punaisiksi. Ensimmäinen työpäivä oli onnistunut ja Maaria tuskin malttoi odottaa seuraavaa.

Perjantaina Maaria oli taas pihalla lasten kanssa. Osa oli jo haettu kotiin, kuten perjantaisin usein käy. Moni vanhemmista tekee silloin lyhyemmän työpäivän. Vielä muutama lapsi odotti hakijaa, kuten Samu ja Sisse. Saija oli yleensä ajoissa, mutta tänään hän oli myöhässä.

Maaria näki jo kaukaa Saken pitkän hahmon lähestyvän päiväkotia. Miehellä ei ollut työvaatteita, vaan toppatakki ja pipo. Urheilullinen kuten aina. Maarian sydän alkoi pompottaa. Hänestä oli ihanaa nähdä mies, vaikka järki sanoi, ettei kannattaisi. Mies oli toisen, vieläpä aivan mahtavan naisen kumppani ja perheenisä. Hän ei ikinä sortuisi varattuun mieheen. Sakke avasi portin ja käveli hymyillen suoraan hänen luokseen.

- Moi.

- Moi, sanoi Maaria melkein ujosti.

- Kuulin eilen Saijalta, että olet täällä töissä. Päätin tulla katsomaan, onko se totta ja tanssahteletko ympäri pihaa.

Vai oli heillä ollut keskustelua Maariasta. Tietenkin Sakke tiesi nyt, että Maaria oli vuokrannut asunnon itselleen eikä Amerikan tädille. He varmaan nauroivat kippurassa "tädin" oudolle katoamiselle Nebraskan autiomaahan. Tosin Maaria ei uskonut Saijasta mitään niin ilkeää.

- Kyllä, olen ollut viikon. Viihdyn hyvin. Vuokrasin

Saijalta asunnon, mutta varmaan tiesitkin jo.
Toivottavasti Sakke ei ota puheeksi tätiä. Se olisi
liian noloa.
- Mukavaa saada luotettava vuokralainen, Sakke
sanoi.
Hienotunteisesti mies jätti kysymättä, mitä oli tapah-
tunut entiselle kämppäkaverille. Tai Amerikan tädil-
le.
- Mutta hyvänen aika, sanoi Maaria, - tulit tietenkin
hakemaan lapsiasi, Samu on pulkkamäessä ja Sisse
lapioi lunta. Käyn hakemassa heidät.
Maaria huuteli Samua.
- Samu, Sisse, isi tuli hakemaan.
Samu ja Sisse juoksivat lapsen innolla portille ja
suoraan Saken syliin, joka oli kyykyssä vastaanot-
tamassa heitä.
- Sakke! Missä isi? Missä isi?
- Isi ei päässyt hakemaan, minä vien teidät kotiin
tänään.
Sakke nousi ylös Sisse sylissään.
- Ai he eivät olekaan sinun lapsiasi? Eikö Saija ole
sinun vaimosi? Siis, etkö ole Saijan mies, Maaria
kysyi ja samalla tajusi, miten tökeröltä kuulosti.
Ei ollut sopivaa kysellä tuollaisia. Päiväkotiin oli
ilmoitettu kaikki hakijat. Maaria ei vielä muistanut
kaikkia ulkoa. Samun ja Sissen hakijoissa oli Koske-
loita enemmän ja vähemmän.
- Saija on sisareni. Meillä on iso suku. Olet tavannut
heistä jo osan, naurahti Sakke.
- Vai sisko, Maaria huokasi hämmästyneenä ja huo-

masi kuulostavansa iloisemmalta kuin oli tarkoitus. Vaikka Saija ei nyt sitten ollutkaan Saken vaimo, ei se tarkoittanut sitä, etteikö Sakella voinut olla vaimoa tai lapsia, totesi Maaria harmikseen. Mutta eiköhän ollut turhan aikaista haikailla miesten perään, kun oli vasta reilu viikko sitten eronnut yhdestä.

- Hyvää viikonloppua, Samu ja Sisse, tavataan maanantaina. Hyvää viikonloppua sinullekin, Sakke. Maariasta näytti melkein siltä, että Sakke olisi halunnut vielä jäädä juttelemaan. Luultavasti se oli kuitenkin pelkkää kuvittelua. Maaria heilutti portilla ja lapset heiluttivat takaisin.

- Ai sinä tapasit Sakke-enon? Siinä vasta hurmaava poika, Riitta oli tullut Maarian viereen. - Ellei jokainen meistä olisi jo naimisissa, tai olisivat 20 vuotta nuorempia, saattaisimme ehkä yrittää pyytää treffeille tuota komistusta, Riitta nauroi.

- Minä olen tavannut Saken aiemmin. Hän hinasi pari kertaa autoni veljensä korjaamolle.

- Tosiaan, Jakke-eno on yhtä ihana tyyppi. Kivoja nuoriamiehiä molemmat, Riitta sanoi. - Onko teillä jotain sutinaa? Vai miksi juttelitte portilla noin kauan?

Riitta oli melko suorasukainen nainen noin pomoksi, Maaria ajatteli. Mitä sutinaa heillä nyt voisi olla, toisilleen tuntemattomat ihmiset.

- Höpö höpö, Maaria punastui, - ei ole mitään sutinaa. Mistä minä tiedän, vaikka hän olisi parisuhteessa, kenties lapsiakin. Ja tuskinpa Saken kaltainen mies voisi olla kiinnostunut tällaisesta maahisesta.

Tai peikosta, kuten eräs minua kutsui.

- Mitä sinä tyttö oikein puhut, Riitta sanoi lähes vihaisesti. - Sinä olet kaunis nainen. Sen lisäksi älykäs, kyvykäs ja sydämellinen. Kuka tahansa mies saisi olla kiitollinen sinun huomiostasi. Olet kuin Marilyn Monroe valkoisine hiuksinesi ja punaisine huulinesi. Joten älä koskaan aliarvioi itseäsi, älä koskaan.

Maaria melkein pelästyi ja oli hämmentynyt Riitan puhuttelusta. Vanhempi nainen oli vain halunnut takoa järkeä Maarian päähän. Maaria oli kymmenen vuotta kuullut Lasselta vain vähätteleviä kommentteja ulkonäöstään. Liian lyhyt, liian rehevä, liian kihara tukka, liian suuri suu. Ehkä ne piirteet olivatkin hänen edullisimmat puolensa.

- Kiitos Riitta. Kiitos, että sanoit noin, Maaria liikuttui.

Riitta hymyili.

- Lähdetään viikonlopun viettoon.

Maaria päätti kävellä kotiin mutkan kautta. Ilmassa oli jo aavistus keväästä, vaikka pakkasta oli vielä muutama aste. Pian lumi alkaisi sulaa, linnut laulaa ja ruoho kasvaa. Maaria odotti tulevaa kesää malttamattomana.

Kadun päässä Maaria huomasi yllättäen tutun näköisen auton. Valkoinen Audi oli pysäköity kerrostalon eteen. Lasse? Maaria perääntyi puistoon ja kurkisti kuusen takaa. Hän ei ollut valmis tapaamaan Lassea. Eikä Lasse häntä, koska ei ollut ottanut mitään yhteyttä muuton jälkeen. Maaria oli kuitenkin utelias näkemään mitä Lasse puuhaili tällä puolella kaupunkia.

Hänen ei tarvinnut odottaa piilossaan kauan. Hän näki Lassen astuvan ulos autosta ja kävelevän auton toiselle puolelle. Hän avasi oven ja autosta astui ulos nainen. Lasse saatteli naisen kerrostalon ovelle. He suutelivat pitkään ja intohimoisesti, ennen kuin Lasse palasi autoonsa ja ajoi pois.

Maaria seisoi kuusen takana pipo silmillä ja tumput suorina. Mitä hän oli juuri äsken todistanut? Lasse ja joku nainen? Tyylikäs nainen, sitä ei ole kieltäminen. Mitä ihmettä? Oliko tosiaan mahdollista, että Lasse oli löytänyt viikossa uuden naisystävän? Lassehan teki vain töitä ja katsoi televisiota.

Äkkiä Maarian päähän pälkähti ajatus, kammottava sellainen. Oliko kuitenkin kyseessä vanha tuttavuus, mahtoiko heillä olla suhde jo Maarian seurustellessa Lassen kanssa.

- Ei, ei, ei…

Maaria tunsi, miten kuumat kyyneleet alkoivat valua hänen poskiaan pitkin. Hänelle tuli kiire päästä kotiin, turvaan, itkemään ja suremaan. Puolijuoksua hän kiirehti pitkin katuja, juoksi talon portaat ylös ja kaatui sängylleen itkemään. Edes ulkovaatteita hän ei jaksanut riisua, niin lyöty olo hänellä oli. Shokki oli todella suuri. Tällaista hän ei osannut odottaa. Jos Lasse oli pettänyt häntä, se oli tapahtunut todella taitavasti. Maarialla ei ole ollut aavistustakaan. Jutut tenniksestä ja työmatkoista olivat menneet täydestä.

Näin jälkeenpäin ajatellen, Lasse oli tosiaan aika paljon poissa kotoa.

Nyyhkytysten tauottua Maaria nousi sängystä ja vei ulkovaatteet naulakkoon. Hän tuijotti ikkunasta ja alkoi kiukustua. - Mokoma paska, Maaria huusi ääneen. - Ettäs kehtaa. Ja minua miten syyllisti kaikesta mahdollisesta. Suruprosessiin kuuluu kieltäminen ja viha. Tuleeko seuraavana sitten kaupankäynti, masennus ja hyväksyminen? Päteekö se tähänkin tapaukseen? Maaria hengitteli syvään. Oliko hänellä syytä raivota, hän oli kuitenkin ollut se, joka lähti. Halusiko hän Lassen takaisin. Ei tietenkään. Silti satutti nähdä, miten nopeasti Lasse oli jatkanut elämäänsä, uuden kumppanin kanssa. Maaria sen sijaan saattaisi jäädä yksin loppuiäkseen.

Itsesäälissä piehtarointi olisi saatava aisoihin ja siihen auttaisi vain todella vahvat lääkkeet. Maaria kaivoi muuttolaatikon uumenista valkoviinipullon. Sen täytyi olla jo vuosikertaviiniä, koska Maaria oli saanut sen syntymäpäivälahjaksi varmaan viisi vuotta sitten. Jääkaapissa oli suklaata. Nämä aarteet kainalossaan hän kaivautui sohvan nurkkaan, peiton alle ja alkoi katsoa televisiosta romanttista elokuvaa. Lopussa saisi taas kerran itkeä, se ei haitannut vaan parantaisi haavat.

5

Toukasta kuoriutuu perhonen

Aamulla olo ei ollut paras mahdollinen. Viinipullo oli tyhjä. Maaria joi harvoin ja silloinkin vain lasillisen. Tällaista määrää hän ei ollut kiskonut sitten teinivuosien. Eikä aikonut vastedeskään, olo oli niin hirveä.

Vatsassa muljahti. Sen aiheuttaja ei ollut pelkästään eilen juotu viini vaan ajatus Lassesta uuden naisystävänsä kanssa. Maaria ei ollut arvannut, että se tuntuisi näin pahalta. Hän tunsi olonsa yksinäiseksi ja surulliseksi. Tällainenko hänen loppuelämänsä tulisi olemaan?

Tehty mikä tehty. Ehkä eropäätöstä olisi kannattanut punnita hiukan pitempään. Olihan Lasse luvannut mennä hänen kanssaan naimisiinkin. Kiristyksen jälkeen, mutta kuitenkin. Oliko mies mahtanut olla tosissaan, vai yrittikö hän vain pitää kiinni piiastaan. Maariaa itketti, mutta hän päätti niellä kyyneleensä. Hänellä oli elämä edessään. Ja vapaa viikonloppu.

- Mitähän sitä tekisi... Maaria pakotti itsensä liikkeelle. - Ylös, ulos ja lenkille, eiköhän siinä pieni kankkunenkin katoa, kun lähtee raikkaaseen talvisäähän.

Maaria puki ja lähti ulos. Hän päätti suunnistaa keskustan ulkopuolelle, kävellä pitkän metsälenkin. Talvimaisema oli kauneimmillaan. Kuten arvata saattoi, mieli keveni askel askeleelta.

Parin kilometrin päässä oli luistinrata. Ohi kävelles-

sään Maaria seurasi iloisia luistelijoita, lapsia ja ai-
kuisia. Hän oli itsekin aikoinaan harrastanut taito-
luistelua melko tosissaan, hän oli ollut siinä hyvä,
kilpaillutkin. Harrastus jäi seurustelun jalkoihin.
Mistä kaikesta hän olikaan luopunut Lassen takia.
Mikä idiootti olen ollut, Maaria soimi itseään. Sa-
malla hetkellä hän päätti ostaa luistimet ja elvyttää
vanhan taidon. Saisipa edes liikuntaa, jos ei nyt enää
Olympialaisiin tähtäisikään.
- Maaria! Maariaa!
Maaria kääntyi kuullessaan lapsen äänen huutavan
nimeään. Luistinradan keskeltä häntä kohti luisteli
Samu, hitaasti ja kömpelösti, mutta niin hellyttäväs-
ti. Maaria hymyili ja meni poikaa vastaan.
- Sinähän osaat luistella hienosti.
Pojan perässä luisteli Saija, sulavasti ja taitaen,
kuinkas muuten.
- Hei, Samu huomasi sinut jo kaukaa, en voinut estää
häntä tulemasta, Saija sanoi kuin anteeksipyydellen.
- Sinä olet tänään vapaalla, et töissä.
- Ei se haittaa, Maaria sanoi nauraen. - Mukava näh-
dä tutut kasvot. Kaipasinkin piristystä.
Saija ei voinut olla huomaamatta Maarian normaalia
vaisumpaa olemusta.
- Ehditkö lähteä kaakaolle meidän kanssa? Saija
kysyi. - Vai oletko menossa johonkin?
Maaria mietti, oliko soveliasta lähteä kaakaolle hoi-
tolapsen äidin kanssa, joka kaiken kukkuraksi oli
hänen vuokraemäntänsä. Yhtä kaikki, Maarialla ei
ollut varaa olla nirso ystävien suhteen.

- Se olisi mukavaa. Tiedätkö tässä lähellä jonkun paikan?

Maariaa hävetti, miten huonosti hän tunsi kaupunkia, missä oli asunut melkein kymmenen vuotta. Lassen kanssa ei käyty kahviloissa eikä kävelyllä. Muutaman kerran he olivat käyneet elokuvissa, teatterissa ei ikinä. Työkaveriensa kanssa Maaria onneksi pääsi teatteriin yleensä joulun aikaan.

- Itse asiassa... jos sinua ei haittaa, voidaan ajaa meille. Asumme tässä lähellä. Mieheni ja Sisse ovat tänään mummolla. Saadaan keitellä kaakaot rauhassa. Samulla on nimittäin kakkahätä. Se olisi hiukan hankalaa hoitaa jossain vieraassa kahvilassa, ulkovaatteet päällä.

Mikä ettei. Olisihan se vaihtelua. Saija vaikutti mukavalta naiselta.

Saija riisui luistimet Samulta. He kävelivät lyhyen matkan parkkipaikalle. Parkkipaikan suurin maasturi oli auto, minkä luo Saija asteli.

- No huh mikä auto, pääsi Maarian suusta.

- Tämä on mieheni auto, Saija sanoi kuin anteeksipyydellen.

Samu meni takapenkille istuimeen ja Maaria Saijan viereen etupenkille. Auto oli sisältäkin kuin avaruusalus. Nippeleitä ja nappuloita oli niin paljon, että Maariaa hirvitti. Näppärästi ja sulavasti Saija kuitenkin ohjasi suuren auton pois ahtaalta parkkipaikalta ja ajoi tielle. Tuskin kilometriäkään oli ajettu kun taas käännyttiin pikkutielle. Kesällä koivukuja olisi varmasti kaunis, mutta ei se talvellakaan ollut pahannäköinen. Koivukujan päässä seisoi mikä muu kuin suuri kartano.

Maaria henkäisi ihastuksesta.

- Täälläkö te asutte? Tässä kartanossa? Tämähän on upea!

- Kartano taitaa olla hieman liikaa sanottu tästä vanhasta puutalon rähjästä… Saija yritti sanoa, mutta hän oli selvästi iloinen, että Maaria piti talosta. - Tämä on mieheni kotitalo.

- Miehesi kotitalo? Sinun täytyy sitten olla naimisissa jonkun lordin kanssa, Maaria nauroi.

- Niin no, tuota… Saija ei sanonut enempää vaan pysäytti auton. - Mennään sisälle.

Samun käytyä vessassa he asettuivat keittiöön. Saija keitti kaakaot ja laittoi voileipiä.

- Näytät vähän surulliselta? Saija sanoi. - Onko jotain sattunut?

Saijan ääni ja ilme olivat niin myötätuntoiset, että Maaria purskahti itkuun.

- On. On sattunut. Maaria pyyhki nenäänsä serviettiin. Onneksi Samu oli toisessa huoneessa leikkimässä, olisi vielä pelästynyt kun hoitotäti itkee.

- Haluatko kertoa?

Saija oli Maarialle täysin vieras ihminen, mutta jostain syystä hän oli heti tuntunut tutulta, kuin sisar, jota Maarialla ei ole koskaan ollut. Hänellä oli palava halu avautua jollekin. Äidille pahasta mielestä kertominen oli mahdotonta, ystävää ei ollut.

- Näin eilen Lassen suutelevan kadulla jotain naista, Maaria nyyhkytti. - Sitten join pullollisen viiniä ja söin suklaata. Se tuntui niin pahalta... siis se suuteleminen.

Saija kuunteli ja istui tovin hiljaa.

- Niin, tämä Lasse oli siis ex-miehesi?

- En tiedä, voiko häntä sanoa edes ex-mieheksi, pitkäaikainen asuinkumppani mieluummin, Maaria puuskahti. Luulin lähes kymmenen vuotta, että meillä olisi yhteinen tulevaisuus, perhe, lapsia... Kun viimein tajusin, ettei hänellä ollut mitään aikomusta hankkia lapsia, päätin lähteä. En arvannut, että jo viikon päästä hänellä oli uusi tyttöystävä.

Taas Maaria niisti nenäänsä. Hänellä oli petetty ja loukattu olo.

Saija oli hiljaa. Hän tuntui aprikoivan, uskaltaisiko sanoa ja päätti uskaltaa.

- Oletko varma, ettei tämä nainen ole ollut kuvioissa jo aiemmin?

Maaria katsoi Saijaa kyynelten läpi.

- Samaa ajattelin, mutta en halua uskoa sitä. Kaikki nämä vuodet...Olen toteuttanut kaikki Lassen toiveet, silittänyt paitoja, tehnyt ruokaa. Jätin omat ystävät ja harrastuksetkin siinä toivossa, että joskus minulla olisi oma perhe ja lapsi. Mikä hölmö olenkaan!

Saija otti Maarian kädet omiinsa ja katsoi häntä silmiin.

- Mutta nyt olet siinä, vapaa tekemään niitä asioita, mitä haluat. Olet nuori, kaunis, mukava ja hauska. Vähitellen pääset eroon menneestä. Usko minua.

Maariasta alkoi tuntua paremmalta. Hän pyyhki silmänsä.

- Sinulla on muuten aivan valtavan kaunis sormus, Saija sanoi. - Onko sillä joku tarina?

Maaria katsoi pikkurillissä olevaa sormustaan surullisena.

- Sain tämän tädiltäni. Kuvittelin sen olevan joskus kihlasormukseni. Tämä on liian suuri pikkusormeen, mutta nimettömään täydellinen. Ehkä en saa koskaan laittaa sitä siihen. Täytyy mennä pienentämään tai suurentamaan.

- Älä nyt vielä luovuta. Koskaan ei tiedä...

Saija ei avautunut omista asioistaan sen enempää. Se oli Maariasta tavallaan helpottavaa. Hän ei ollut valmis jakamaan asioita, ei nyt, ei tällä hetkellä, kun oli itse herkillä. Varsinkin toisen onni tuntui liian kipeältä käsitellä tässä hetkessä.

- Saisinko taloesittelyn? Maaria kysyi, kun he olivat nauttineet kaakaot. - Onko koko talo teidän käytössänne?

- Näin talvisin osaa huoneista ei lämmitetä ollenkaan. Meillä on käytössä vain muutama huone, joka on kotimme. Voin kyllä näyttää muutamia kiinnostavia juttuja, jos haluat. Kesällä kaikki huoneet ovat avoinna ja meillä asuu muutamia vakituisia kesävieraitakin. Tule silloin, niin näytän loputkin.

He lähtivät suureen saliin, jossa oli koristeellisia huonekaluja ja upeita muotokuvia seinillä.

- Kuin suoraan Jane Austenin romaanista, Maaria huokaili ihastuneena. - Melkein odotan herra Darcyn astelevan ovesta sisään. On varmasti mahtavaa asua

77

tällaisessa ympäristössä.

- Mitäpä tuota kieltämään, onhan se, Saija tunnusti.

- En koskaan osannut edes haaveilla tällaisesta.
Meidän lapsuudenperheemme on aivan tavallinen.
Toki tässä on paljon ylimääräistä työtäkin. Jopa
muutamia edustustilaisuuksia, hyväntekeväisyyttä ja
sen sellaista. Pian esimerkiksi on tulossa suuri gaala-
ilta, sinne odotetaan rikkaita vaikuttajia rahojaan
tuhlaamaan... Saijan äänensävystä saattoi päätellä,
etteivät "rikkaat vaikuttajat" olleet hänen lempi-
ihmisiään.

Saijan perheen kodiksi sisustama osa oli lämmin-
henkinen ja tuiki tavallinen lapsiperheen koti. Leluja
hujan hajan, kuppeja pöydillä ja lattialla tahmaisia
kohtia. Varhaiskasvatuksen opettajana Maaria tunsi
lapsiperheen realiteetit paremmin kuin hyvin. Sitä
paitsi Saijalla ei ollut palveluksessaan kokkia, sisäk-
köä tai hovimestaria, joka siivoaisi jälkiä aamusta
iltaan. Tämä kartanonrouva joutui hoitamaan kotinsa
ja tekemään ruokansa ihan itse.

- Kiitos, tämä oli oikein mukavaa. Piristit päivääni,
Maaria sanoi ja tarkoitti sitä kaikesta sydämestään.
Yllättävä tapaaminen oli saanut ajatukset pois an-
keista tapahtumista ja luonut uskoa tuleviin päiviin.
Kaikki tulee vielä järjestymään parhain päin.

- Puen Samun, voimme heittää sinut kotiin, Saija
touhusi.

- Kiitos, ystävällinen tarjous, mutta voin kävellä
tämän parin kilometrin matkan. Olinhan lenkille
lähdössäkin... Minulla ei ole mihinkään kiire.

Maaria hyvästeli Samun, joka hieroi jo silmiään.
Päiväunien aika.

- Nähdään, ja kiitos, Maaria lähti kirpeään pakkasil-
maan.

Maaria oli inspiroitunut Saijan tapaamisesta. Hän oli
kysynyt, voisiko hän maalata asunnossaan jonkun
seinän "ihan millä värillä" vaan.

- Anna mennä, oli Saija nauranut.

Saijan asunto oli hyvin kaunis ja hillitty. Tyylikäs ja
minimalistinen. Maarian elämä kaipasi sen sijaan
väriä ja runsautta. Parvekkeen hän aikoi ahtaa täy-
teen kesäkukkia, kunhan säät sen sallisivat. Muuta-
ma feng shui vinkki voisi olla paikallaan. Maaria
muisti lukeneensa jostain, että jollain värillä ja esi-
neillä sai jopa vedettyä puoleensa kumppanin. Ja
toisella värillä rahaa ja terveyttä.

Maarian matka sujui kuin siivillä. Hän päätti vielä
kiertää kaupungin läpi ja kävellä kaupan kautta ko-
tiin. Hän ostaisi jotain hyvää naposteltavaa illaksi.
Pienen vaatekaupan näyteikkuna veti Maarian kat-
seen puoleensa. Ikkunassa oli kaunis asu, juhlava,
hiukan liiankin juhlava. Punainen, mutta ei räikeä.
Jostain syystä mekko tuntui kutsuvan Maariaa ja hän
päätti rohkaistua astumaan sisälle kauppaan. Luulta-
vasti se olisi turhaa, leninki oli varmasti tarkoitettu
mallivartalolle, ei lyhyelle ja pikemminkin runsas-
kuin hoikkavartaloiselle naiselle.

- Hei!

Ystävällinen nuori nainen huikkasi tervehdyksen,
mutta ei hyökännyt kimppuun. Maaria oli siitä hyvin

kiitollinen. Hän kierteli kaupassa ja tutki vaaterekkejä ja totesi hintojen olevan melko korkeita. Oikeastaan hänellä ei olisi ollut edes varaa mihinkään. Ainoat vaatteet, mitä hänellä oli, olivat helppohoitoisia, värikkäitä pellavavaatteita, lastentarhaan sopivia. Luultavasti hän näyttikin teiniltä, eikä aikuiselta naiselta.

- Onko tuota näyteikkunassa olevaa leninkiä kenties minun koossani, Maaria kysyi arasti ja katui saman tien.

Ei varmasti olisi. Luultavasti myyjä alkaisi nauraa katketakseen. Lisäksi se olisi varmasti niin kallis, ettei Maarialla ollut siihen missään nimessä varaa.

Myyjä ei nauranut vaan hymyili suloisesti. Hän astui esiin tiskin takaa ja mittaili tutkivasti Maariaa.

- Hmm. Saanko kysyä, mikä sai sinut kiinnostumaan juuri tuosta mekosta?

Olipa outo kysymys.

- No... se on hyvin kaunis, Maaria ei keksinyt muutakaan.

Oikeastaan hän olisi halunnut sanoa, että hän janosi jotain uutta ja rohkeaa, halusi tuntea olevansa kaunis ja haluttu, seksikäs ja itsevarma. Että hän ansaitsi olla kerrankin upea, kuin filmitähti.

- Niin, hyvin kaunis, Maaria sanoi taas. - Erilainen, mutta tyylikäs. Huomiota herättävä, mutta silti tavallaan hillitty.

- Onko sinulla tiedossa joku tilaisuus, johon tarvitset asun, myyjä kysyi.

Onpa erikoista, että myyjä palvelee näin antaumuksella asiakastaan.

- No valitettavasti ei, Maaria totesi. - Ja minun on pakko kysyä ihan ensiksi hinta, anteeksi.

Myyjä naurahti.

- Kyllä me hinnasta sopuun päästään, jos muuten saadaan asusta sopiva, sen voin luvata. Myyjätär kiipesi ikkunalle ja otti mekon alas. Hän toi sen Maarian eteen. Maaria ojensi kätensä ja kosketti punaista kangasta. Se tuntui ihanan pehmeältä. Punaisen sävyt tuntuivat vaihtelevan valaistuksessa. Leninki oli syvään uurrettu ja siinä oli mielenkiintoinen leikkaus. Maaria ei ollut koskaan nähnyt mitään sellaista.

- Haluaisitko sovittaa sitä? myyjä kysyi.

- Näen jo nyt, että se on liian pitkä minulle, Maarian hymy hyytyi.

Pitäisi jostain kehittää kymmenen senttiä lisää pituutta itselleen, silloin vaate kuin vaate näyttäisi hyvältä. Lisäksi hän oli pitkän lenkin jälkeen hikinen ja toppavaatteissa olisi kova työ riisua.

- Niin varmasti onkin, olet aivan oikeassa, myyjä sanoi mietteliäänä. - Katsotaan, miten se sopii kasvoihisi ja väreihisi. Hän asetti hameen Maarian eteen ja käänteli ja tutkaili. Maariasta myyjättären käytös oli perin omituista. Ei hän koskaan ollut vaatteita ostaessaan törmännyt moiseen.

- Kyllä...kyllä...kyllä... myyjä mutisi.

Maariasta alkoi tuntua, että olisi viisainta väistyä takavasemmalle ja unohtaa punainen luomus. Missä hän tuollaista edes käyttäisi? Ei ole häitäkään tulossa, jollei sitten Lasse kutsu häntä omiinsa, kun nai pitkän tyttöystävänsä.

- Kiitos paljon, taidan miettiä asiaa, Maaria sanoi ja kääntyi lähteäkseen.

- Ei, et saa mennä. Älä mene! Maaria pelästyi naisen huudahdusta. Kaupassa ei ollut ketään muuta. Mitä tuo outo myyjä oikein aikoi.

- Anteeksi, odota hetkinen. Minulla on sinulle ehdotus, myyjä sanoi ja paineli tiskin taakse. Ehdotus...Maaria ei ollut avoin "ehdotuksille". Hän ei keksinyt yhtään ehdotusta, johon olisi ollut valmis suostumaan. Myyjä palasi tohkeissaan joku paperi kädessään. Hän näytti sitä Maarialle.

- Niin?

- Lue! Maaria otti paperin käteensä. Se oli jokin mainos: muotinäytös, Helsingissä viikon päästä.

- Kiitos, oikein mielenkiintoista, mutta ei oikein minun alaani. Maaria ojensi paperin takaisin naiselle ja koitti päästä lähtemään.

- Kuule nyt. Minä olen muuten Annu, hauska tutustua.

- Maaria...

- Kuule Maaria. Minä haluan tehdä sinulle tarjouksen. Jos lähdet minulle malliksi Helsinkiin ensi viikonloppuna, saat mekon omaksesi. Ja palkkaakin. Tuon naisen täytyy olla aivan hullu. Onkohan hän kahlinnut oikean myyjän jonnekin komeroon ja esiintyy nyt myyjänä muina naisina. Maarian oli päästävä ovelle ja pian, ennen kuin hänetkin kolkataan.

- Ihmettelet varmaan, onko tuo nainen ihan hullu... Annuksi esittäytynyt nainen jatkoi.

Ei tulisi pieneen mieleenkään, ajatteli Maaria ja otti askeleen kohti ovea.

- Olen melkoisessa liemessä, jos suoraan sanotaan. Minun pitäisi esitellä tämä suunnittelemani leninki muotinäytöksessä ensi viikolla ja minulta puuttuu malli. Sinä olisit täydellinen.

Maaria tuijotti naista. Tämän täytyi olla pilaa. Missä oli piilokamera? Maaria katseli ympärilleen ja odotti näkevänsä kameramiehen hyppäävän esiin vaaterekin takaa.

- Mitä sanot? Annu tuijotti Maariaa hymyillen leveästi.

- Et voi olla tosissasi? Maaria sanoi. - Minäkö malliksi? Tällainen hobitti? Mallithan ovat kaksimetrisiä laiheliineja. Ei missään tapauksessa. Minuthan naurettaisiin ulos lavalta, heiteltäisiin mädillä tomaateilla... Ei, ei missään nimessä.

Annu näytti harmistuneelta, mutta ei lannistunut.

- Sopiiko sinulle, että tavataan huomenna täällä uudestaan? Kerron sitten tarkemmin, mikä on homman nimi. Ehdin varmaan lyhentää leninginkin, sovitetaan sitä. Lupaa edes se. Jos et sen jälkeenkään halua tulla, niin ei ole pakko.

No ei todellakaan ole pakko. Kukaan ei voisi pakottaa häntä lavalle ihmisten eteen naurettavaksi, Maaria mietti kauhuissaan.

- Lupaatko? Annu ojensi hänelle kätensä. - Huomenna kello 12.

Maarialla ei ollut muuta vaihtoehtoa kuin tarttua käteen. Annu antoi hänelle myös käyntikorttinsa. Maaria tunki sen taskuunsa ja painui ovesta ulos. Ulos päästyään Maaria hengitti syvään. Mitä ihmettä juuri oli tapahtunut? Häntä oli pyydetty malliksi! Häntä, joka koko ikänsä oli saanut kuulla olevansa lyhyt, paksu käkkäräpää. Ei vähimmässäkään määrin viehättävä. Maaria juoksi loppumatkan kotiin. Hän oli riemuissaan ja samalla epäluuloinen. Tämä ei voinut olla totta.

Kotiin päästyään hän otti pitkän suihkun, ehkä se selvittäisi ajatuksia. Maarian sisällä kihelmöi. Odottamaton tapaaminen oli samalla kertaa pelottava ja ihana, mutta oliko se huijausta? Hän haki takin taskusta Annulta saamansa käyntikortin. Käyntikortissa oli Annun kuva ja nimi Annu Rosén, muotisuunnittelija, Rosen design. Googlatessa Maarian silmien eteen avautui kokonainen muodin maailma. Nuoresta iästään huolimatta Annu oli niittänyt mainetta ulkomaita myöten. Uskomatonta! Ja hän, Maaria, vaatimaton tyttö pikkukaupungista, oli kohdannut tämän nousevan tähden ja tämä oli pyytänyt häntä mallikseen!

Maarian oli pakko nousta ylös ja hyppiä tasajalkaa, että sai innostuksen laantumaan. Jes! hän huusi ääneen, vaikka kukaan ei ollut kuulemassa. Hän olisi hullu, jos jättäisi tämän tilaisuuden käyttämättä. Huomenna kello 12 hänestä tulisi malli, supermalli.

Aamulla Maaria heräsi aikaisin, liian aikaisin. Häntä hermostutti. Vielä ehtisi perua koko jutun. Annu ei tiennyt, kuka hän oli, eikä hänellä taatusti ollut pulaa malliehdokkaista. Voiko kadulta napatun tytön opettaa malliksi viikossa? Vielä puoli kaksitoista Maaria harppoi huoneesta toiseen ja oli kahden vaiheilla. Olisi paljon helpompaa jatkaa elämää näin, ilman pelkoa mädistä tomaateista. Mutta silti...

Tasan kello kaksitoista Maaria kuitenkin löysi itsensä Annun kaupan ovelta. Houkutus oli liian suuri, jotta sitä olisi voinut vastustaa. Ehkä Annu toteaa, ettei hänestä ole malliksi ja se on siinä. Yhtä kaikki, ainakin on yritetty.

- Hei, kiva että tulit, Annu oli iloisena vastassa. - Tule sisään, haluan esitellä sinulle erään henkilön.

Maariaa jännitti. Hänen yllään oli normaalit ulkoiluvaatteet pääasiassa siksi, ettei hänellä ollut muuta. Ne näyttivät tavanomaisilta ja tylsiltä muotiluomusten keskellä.

- Tässä on Kristo. Hän stailaa ja opettaa sinut "kävelemään", tiedät varmaan mitä tarkoitan, Annu sanoi.

- Voit riisua ulkovaatteesi tuonne takahuoneeseen.

Maarian tullessa huoneesta Kristo katseli häntä tutkivasti. Se ei kuitenkaan tuntunut kiusalliselta. Kristo tutki häntä kuin olisi mittaillut jotain maljakkoa, hän ei nähnyt naista edessään.

- Sinulla on jäntevä vartalo. Suhteet ovat hyvät, ei rasvaa, pitkät jalat. Oletko harrastanut jotain urheilua, Kristo kysyi.

- Voimistelua, telineillä sekä rytmistä voimistelua. Taitoluistelua...

- Hyvä... hyvä...Kristo mutisi samalla kun pyöri Maarian ympärillä. - Pituutta voisi kyllä olla hieman enemmän. Laitapa nämä jalkaasi.

Kristolla oli kädessä korkkarit, kantaa oli järkyttävän paljon. Maaria oli viimeksi kävellyt korkokengillä... ei koskaan? Ehkä lukiossa jossain ravintolaillassa, mutta muuten Maarian kenkäosasto oli käytännöllistä lenkkarimallia.

Maaria kuitenkin totteli ja otti korkkarit. Tuskin ne sopisivat hänen jalkaansa. Ja jos sopisivat, hän luultavasti kaatuisi ensimmäisellä askeleella.

Vau! Maaria ajatteli, kun kohosi korkeuksiin kengät jalassaan. Hän otti ensimmäisen askeleen, eikä kaatunut. Kengät tuntuivat yllättävän mukavilta jaloissa.

- Voitko ottaa farkut pois, että näen jalkasi? Kristo sanoi.

Maaria riisui housunsa, hän ei ollut ujoa sorttia, eikä hävennyt vartaloaan. Vartalo oli mikä oli, se kelpasi Maarialle, se riitti.

- Kävele nyt ovelle ja takaisin, Kristo komensi ja tuijotti hänen jalkoihinsa.

Maaria ei tiennyt, olisiko hänen pitänyt esittää jotain mallia ja sipsutella oudosti, kuten oli nähnyt huippumallien tekevän. Hän päätti kuitenkin kävellä normaalisti omaan tyyliinsä.

- Kävele hitaammin ja ota lyhyempiä askeleita.

Maaria käveli edestakaisin ja pysyi vaivatta pystyssä korkeilla koroilla. Kristo sanoi jotain Annulle ja Annu nyökytteli hyväksyvästi.

- Voimistelutaustastasi on varmasti hyötyä, sinulla on hyvä tasapaino ja rytmitaju, Kristo sanoi hyväksyvästi. - Mitä muuten teet työksesi?

- Olen varhaiskasvatuksenopettaja, Maaria sanoi.

- Hmm, Kristo ja Annu taas supisivat keskenään.

- Sovitetaanpa sitten mekkoa, Annu sanoi. - Olen tehnyt muutoksia, katsotaan, kuinka onnistuin.

Maaria ja Annu menivät takahuoneeseen ja Annu auttoi puvun Maarian ylle. Annu asetteli helmaa ja korjaili olkaimia. Sitten hän vei Maarian suuren peilin eteen.

Maarian oli pakko huokaista ihastuksesta. Puku oli todella kaunis, henkeäsalpaavan kaunis. Hän ei tunnistanut itseään, kuka oli tuo pitkä ja hoikka nainen punaisessa puvussa? Aivan uskomatonta!

Annu näytti tyytyväiseltä. Kristokin tuli peilin eteen ja nyökytteli.

- Sanoisin, että väri sopii hänelle täydellisesti Kristo sanoi Annulle. - Hyvin bongattu. Puku nousee aivan toiselle tasolle nyt. Onneksi olkoon, Annu! Kävelyä täytyy tosin harjoitella. Meidän pitää mennä Helsinkiin.

Maaria havahtui, kun kuuli mainittavan Helsinki.

- Minulla on töitä ensi viikolla, Maaria sanoi tiukasti, jos se olisi jäänyt epäselväksi.

- Niin, tosiaan, lapset ja sen sellaista, Kristo sanoi hajamielisesti. - Pystytkö harjoittelemaan kotona, jos laitan sinulle videon sähköpostiin? Ja perjantaina menemme Helsinkiin heti kun pääset, voimme harjoitella illan ja seuraavan aamun. Näytös on iltapäivällä. Luuletko, että hän kykenee siihen? Kristo osoitti sanansa Annulle.

- Tietenkin, Annu sanoi. - Maaria saa esitellä vain tämän puvun, muut mallit saavat hoitaakseen muut. Hyvin se menee.

- Tehdään sitten niin. Nähdään perjantaina. Tulen hakemaan sinut täältä, sanotaanko kuudelta? Kristo sanoi ja lähti.

- Kristo on kiireinen ja haluttu ammattilainen, Annu sanoi, kun Kristo oli jo tiessään. - Mutta jutellaan me nyt muutamasta käytännön asiasta. Alkuun, miltä tämä tuntuu sinusta? Haluatko lähteä mukaan tähän?

Maaria oli aivan pyörällä päästään, mutta hyvällä tavalla. Halusiko hän? No halusi, todellakin. Ensimmäistä kertaa elämässään hän oli tuntenut itsensä kauniiksi naiseksi, eikä edes siksi, että hänellä oli yllään taivaallinen mekko, vaan että häntä arvostettiin sellaisena kuin hän oli.

- Kyllä, kiitos tästä tilaisuudesta. Toivottavasti olen luottamuksesi arvoinen.

Annu hymyili.

- Ei tämä ole niin vakavaa. Vaatteitahan nämä vain ovat. Sinun oma työsi on paljon tärkeämpää. Ovatko sinun iltasi kuinka varattuja? Sopiiko sinulle jos lähetän sinut kosmetologille? Tämä on aivan normaalia mallin työssä, toivottavasti et loukkaannu. Myös kampaajalla käynti voisi olla paikallaan, vaikka hiukset ja meikki tietenkin laitetaan ennen näytöstä. Annu kirjoitti ylös osoitteet ja ajat. Hän oli tehnyt jo varaukset.

- Ja suosittelen tekemään Kriston lähettämät harjoitukset, hän tietää mitä tekee. Tunnet olosi varmemmaksi, kun osaat askeleet.

- Paljonko esitykseen tulee yleisöä? Maaria kysyi. Olihan Maaria esiintynyt päiväkodin juhlissa kymmenille ihmisille. Voimisteluaikoina kilpailukatsomossa saattoi olla satojakin ihmisiä. Aina se jännitti, mutta jännitykselle ei saanut antaa valtaa.

- Mitähän sinne nyt tulisi... Annu mietti. - Messukeskukseen mahtuu varmaan parikymmentä tuhatta kävijää, mutta odotamme ehkä viittä - kuuttatuhatta vierasta. Tämä ei ole niin suuri tapahtuma.

Maaria nielaisi. Tuhansia ihmisiä? Tuhannet ihmiset näkisivät hänen mahdollisen kompurointinsa estradilla. Aivan kauheaa...

- Tuhansia...? Luulin että se on pieni sisäpiirin tapahtuma, Maaria takelteli. - Mutta että tuhansia.

- Kymmenen, sata, tuhat, kymmenen tuhatta... eikö se ole aivan sama? Annu sanoi iloisesti. - Aina siellä joku kaatuu tai pyörtyy. Kenties se olet tällä kertaa sinä, kuka tietää. Päästän sinut nyt kotiin lepäämään loppupäiväksi. Soita, jos tulee jotain mieleen. Käy kampaajalla ja kosmetologilla, nähdään perjantaina. Olen muuten varannut sinulle hotellihuoneen. Ai niin, melkein unohdin. Palkkiosi on 500 euroa, onko se ok? Voit toimittaa verokorttisi vaikka perjantaina. Toimitan sen kirjanpitäjälle ensi tilassa. Maaria oli pyörällä päästään. Hyvä, että hän pääsi kotiin sulattelemaan tapahtunutta.

- Maaria, minun piti vielä sanoa, että sinulla on todella kaunis sormus. Voit pitää sen sormessasi näytöksessä, se kruunaa kokonaisuuden. Ammattilaiset ovat hyvin tarkkoja yksityiskohdista. Varsinkin, että pidät sitä pikkusormessasi. Erikoista. Siitä voi tulla jopa hitti.

Maarian oli pakko päästä juoksemaan tapaamisen jälkeen. Hän oli niin täynnä energiaa ja intoa, että olisi pakahtunut muuten. Hän veti keuhkoihinsa kylmää pakkasilmaa ja juoksi sydämensä kyllyydestä. Minkä upean yllätyksen elämä olikaan järjestänyt hänelle. Hän päätti selvitä näytöksestä kunnialla ja nauttia joka hetkestä.

6

Kiireinen viikko edessä

Maanantaina Maaria ei malttanut olla kertomatta työkavereilleen viikonlopun oudosta tapahtumasta. Kaikki olivat ihmeissään ja innoissaan ja hyvin onnellisia Maarian puolesta. Viikko tulisi olemaan tosi kiireinen. Maaria sai aamuvuorot, että ehtisi käydä

kaikissa hoidoissa mitä Annu oli hänelle varannut.
Siitä oli vuosia, kun Maaria viimeksi oli käynyt
kosmetologilla. Lasse sanoi aina "kelpaat minulle
tuollaisena, miksi tuhlaisit rahaa turhuuksiin". Niin-
pä vesi ja saippua saivat kelvata. Maaria meikkasi
harvoin. Lasten kanssa riitti, kun oli puhdas, siisti ja
hymyilevät kasvot.

Annun valitsema hoitaja oli ystävällinen ammattilai-
nen, joka teki tilatut työt kivuttomasti. Kulmakarvat
siistittiin ja muotoiltiin. Kasvot puhdistettiin. Lopuk-
si Maaria sai vielä rentouttavan hieronnan.
Kampaajalle meno jännitti vielä enemmän kuin
kosmetologin vastaanotto. Hänen luonnonkiharat
hiuksensa olivat aina olleet kauhistus, paitsi hänen
äidilleen, myös jokaiselle kampaajalle, jossa hän oli
koskaan käynyt. Maaria oli oppinut vihaamaan hiuk-
siaan. Hän kadehti kaikkia, joilla oli tyypillinen
suomalainen silkkitukka, ohut ja suora.
Kampaamossa ei ollut muita asiakkaita, kun hän
meni sisään.
- Ahaa, sieltä se meidän VIP –asiakas tuleekin, ter-
vetuloa. Istu tuoliin.
Vanhempi mies ja nuorempi nainen seisoivat peilin
edessä. Mies osoitti tuoliin. Maaria totteli ja odotti,
koska kauhistelu alkaa. Mies pöyhisteli Maarian
kiharoita, jotka olivat pesun jälkeen varsin kuohkeat.
Hiukset olivat kasvaneet pitkiksi, se oli yksi keino
pitää kiharat edes jossain kuosissa. Lyhyenä hänellä
olisi lähes afro.

- Mitä tuumit? mies kysyi vieressään seisovalta naiselta.
- Annu sanoi, että puku on punainen. Sain kuvan siitä.

Nainen näytti puhelimestaan jotain miehelle, joka katseli sitä pitkään ja tarkkaan.
- Aivan. Luulenpa, että laitamme muutamia punaisia raitoja hiuksiin. Tarkista sävy ja käy sekoittamassa aineet.

Maaria kuunteli keskustelua hiljaa tuolissaan. Minun puolestani saavat värjätä hiukset vaikka mustaksi, luotan täydellisesti näiden ammattilaisten makuun. Pian alkoi sutina, kun hiuksiin siveltiin värejä. Kun väri oli valmis, mies leikkasi hiuksiin mallin. Pituudesta ei otettu, vain latvat siistittiin.
- Tarvitsemme glamour –hiukset, pitää olla pituutta ja volyymia. Sinulla on ihanat hiukset. Moni olisi kateellinen tällaisesta luojan lahjasta.

Parin tunnin session jälkeen Maaria katseli itseään peilistä. Hiuksissa oli muutamia erisävyisiä punaisia raitoja, lisäksi omaa väriä oli kirkastettu. Blondi hän oli vieläkin, mutta uusi kampaus oli kiinnostava ja erilainen. Kaunis väri ja sopisi pukuun kuin valettu.
- Kiitos paljon, Maaria sanoi.
- Mehän näemme sitten lauantaina, mies sanoi. - Me laitamme Annun mallien hiukset muotinäytöksessä ja Marina laittaa meikin.

Kun Maaria meni perjantai-aamuna töihin, oli lapsilla ja työkavereilla ihastelemista Maarian upeissa hiuksissa. Se tuntui Maariasta mukavalta ja antoi itseluottamusta lauantaille. Hän lähti töistä aikaisemmin, jotta ehtisi pakata Helsingin matkan tavarat. Kristo tulisi kuudelta hakemaan hänet. Vähän viiden jälkeen Maarian puhelimeen tuli viesti Riitalta. *"Arvaa kuka tuli hakemaan Samua ja Sisseä?* Viestissä olevasta hymynaamasta päätellen Maaria arvasi. *"Ja mitä sitten"*, laittoi Maaria vastauksen. *"Poikaparka oli hieman pettyneen oloinen kun sanoin että ehdit lähteä".* *"Mitä vielä, höpö höpö"*, vastasi Maaria, mutta tuli kuitenkin hyvälle tuulelle. Olisipa ollut ihanaa nähdä Sakke. Ei hän tosin vieläkään tiennyt edes sitä, oliko Sakke parisuhteessa.

Nyt oli kuitenkin keskityttävä huomiseen. Kristo oli pihassa täsmälleen kello kuusi. Matkalla hän kovisteli Maariaa harjoittelusta ja Maaria vannoi tehneensä harjoitukset kymmeniä kertoja. Korkokengillä kävely sujui jo niin hyvin, että Maaria oli päättänyt ostaa sellaiset itselleen.

Kristo jätti Maarian hotellille ja lupasi aamulla hakea hänet heti aamiaisen jälkeen. Meikissä ja kampauksessa menisi kuitenkin vähintään pari tuntia. Hotellihuoneen ikkunasta näki kaupungille ja hetken Maaria seurasi ihmisvilinää. Hän yritti olla ajattelematta huomista ja tuhansia silmäpareja seuraamassa hänen kävelyään catwalkilla. Kävi miten kävi, hän olisi jo voittaja. Uusi kampaus, uusi leninki ja itsensä voittaminen oli palkinto sinällään.

Maarian puhelin soi. Lasse? Miksi hän nyt soittaa, kun ei ole soittanut aiemminkaan. Maarian ei tehnyt mieli vastata. Oli olemassa mahdollisuus, että kaikki hyvä fiilis, mikä hänellä oli tällä hetkellä, katoaa savuna ilmaan. Entä jos olikin joku hätätilanne?

- Maaria.

- Moi, mitä kuuluu? Lassen ääni kuulosti tutulta ja turvalliselta, Maaria tunsi lämpimän aallon sisällään. Ehkä hänellä oli ollut hiukan ikävä Lassea.

- Kiitos hyvää. Entä itsellesi?

Maarialle tuli yhtäkkiä mieleen, että ehkä Lasse soitti siksi, että aikoo ilmoittaa kihlauksestaan. Nyt kun Maaria oli jo nähnyt Lassen toisen naisen kanssa, ilmoitus tuskin satuttaisi enää niin paljon. Satuttaisi kuitenkin.

- Etkö sinä tosiaankaan aio palata kotiin? Jatkatko sinä tuota pelleilyä? Usko pois, kyllä minä uskon vähemmälläkin, että haluat naimisiin ja olet itsenäinen nainen.

Maaria oli ällistynyt. Mitä ihmettä Lasse tarkoitti. Luuliko Lasse, että hän vain rankaisi Lassea ja palaisi hetken kuluttua tämän luo?

- Nyt en ymmärrä, mistä sinä puhut, Maaria koitti sopertaa puhelimeen.

- Sinun äitisi soitti minulle ja pyysi minua ottamaan sinut takaisin. Suorastaan rukoili. Hän sanoi, että olet jossain kriisissä, etkä tiedä mitä teet.

Nyt Maaria näki punaista. Äidillä ei ollut mitään oikeutta puuttua hänen asioihinsa. Tuohon oli aivan sairasta, hävytöntä.

- Vai niin. Pahoittelut äitini puolesta. Hänellä ei ollut oikeutta sanoa mitään tuollaista. Sinun ei tarvitse tästä lähin vastata hänen puheluihinsa.

- Olihan se aika kummallista, Lasse kuului tuumivan.

- Minä lupasin kuitenkin harkita sitä. Olethan sinä kulkenut mukanani aika monta vuotta. Tuntuu oudolta, kun kotona ei olekaan kukaan odottamassa.

- Ota kuule koira, Maaria puuskahti.

- Kuka sitä koiraa sitten hoitaa, kun sinä et ole täällä, Lasse kiukustui. - Ala tulla tänne sieltä. Missä sinä muuten olet? Tiedän, missä asut. Otin selvää osoitteestasi. Voin tulla hakemaan.

Maaria aprikoi hetken, kertoisiko Lasselle, missä oli ja mitä tapahtuisi huomenna. Hän päätti olla kertomatta. Asia ei kuulunut Lasselle enää pätkän vertaa. Sitä paitsi, mihin koloon Lassen rakastajatar sijoittuu tässä kuviossa.

- En ole kotona, joudun nyt lähtemään illalliselle. Kuulemiin.

Maaria lopetti puhelun. Lasse ei enää soittanut uudestaan. Kai hän odotti Maarian kypsyvän ja ryömivän katuvaisena takaisin Lassen luokse. Mutta entä Lassen naisystävä?

Puhelu oli ollut yllättävä ja raskas. Maaria halusi loppuillan levätä kirjaa lueskellen. Hän tilasi huoneeseen ruokaa ja meni aikaisin nukkumaan. Unet olivat kuitenkin levottomia ja Lassen sanat kaikuivat päässä vielä aamullakin.

Maaria kävi aamulla suihkussa ja toivoi ettei huonosti nukuttu yö näkynyt kasvoilla silmäpussien muodossa. Hänellä oli hyvin aikaa nauttia aamiaisesta, Kristo tulisi vasta parin tunnin päästä. Aamiaisella ei ollut vielä paljon väkeä tähän aikaan. Lomalaiset halusivat nukkua pitkään. Joku lapsiperhe oli syömässä ikkunan vieressä. Maaria otti lautasen ja lähti keräämään syötävää. Miten herkulliselta hotellin aamiainen aina näyttikään. Puuroa, vihanneksia, munakasta... Olikohan syöminen sallittua "malleille"? Entä jos maha alkaa pömpöttää? Kristo ei ollut maininnut asiasta, joten Maaria kasasi lautaselleen kunnon annoksen.

- No huomenta!

Maaria kohotti katseensa ja tuijotti Saken silmiin.

- Huomenta, Maaria häkeltyi.

- Sinäkin lomalla? Sakke hymyili.

- Jotain sellaista.

Maaria katsoi Saken selän taakse ja huomasi naisen ja kaksi pientä lasta.

- Isi, isi, en halua tomaattia...

Isi? Maaria kauhistui. Sakella on siis perhe, juuri kuten ajattelin. Suloinen, mukava, kaunis perhe. Oikein kiva, mutta huonompi juttu hänen kannaltaan. Oli siis jätettävä turhat unelmat yhteisestä tulevaisuudesta.

- Jakke, ota Adalle maito, menemme jo pöytään istumaan.

Jakke? Maaria kääntyi katsomaan miestä tarkemmin. Tosiaan, kaksoisvelihän se siinä. Veljekset olivat ällistyttävän samannäköisiä. Silti, kaksosissakin on eronsa.

- Mukavaa päivää teille, Maaria sanoi, kun lähti lautasensa kanssa pöytään istumaan.

Toistaiseksi oli selvinnyt, että sekä Saijalla että Jakella on perhe. Todennäköisyydet sille, että myös Sakella on, kasvavat koko ajan, ajatteli Maaria murheissaan. Nyt oli kuitenkin keskityttävä tähän päivään. Mahanpohjassa tuntui jännitys. Ruoka ei maistunut, kuten olisi maistunut tavallisena sunnuntaiaamuna. Toivottavasti vatsa ei ala temppuilla, Maaria kauhistui. Se tästä vielä puuttuisi.

Kristo oli jälleen täsmällinen. Kenties muotialalla se oli pieni pakko. Hän odotti aulassa tasan kello 11. Autoon astuessaan Maaria alkoi pikku hiljaa tajuta, mihin oli suostunut. Miten ihmeessä hän oli kuvitellut suoriutuvansa mallin työstä viikon opastuksella. Järjetöntä! Voisiko tämän vielä perua? Olihan siellä tyttöjä pilvin pimein, kuka tahansa heistä olisi varmasti parempi kuin hän. Annun kaunis puku ansaitsee ammattilaisen.

- Tuota… Kristo, onkohan tämä ihan hyvä idea, Maaria aloitti varovasti.

- Mitä tarkoitat?

- Eikö Annu ole ansainnut parhaan mahdollisen esittelyn puvulleen? Jos kaikki menee pieleen ja Annu saa huonoa mainosta? Siis jos minä mokaan kaiken?

Kristo vilkaisi Maariaa hymyillen.

- Tuo on ihan normaalia jännitystä. Kaikilla malleilla on tuo tunne ennen esitystä. Hyvin se menee. Ei Annu olisi valinnut sinua, jos et olisi paras ja toisi esiin puvun parhaat puolet. Hänellä on silmää tällaiselle. Siksi hän on menestyvä suunnittelija. Annu on yksi tulevaisuuden lupaavimpia nimiä. Olet onnekas, kun pääsit esittelemään hänen työtään. Mallit suorastaan kilpailevat tuollaisesta tilaisuudesta.

- Mutta kun minä en ole mikään malli... Maaria piipitti, mutta päätti sitten vaieta. Hän oli lupautunut tekemään tämän, lupaus pidetään.

Messukeskuksessa oli valtava vilske ja hälinä. Toinen toistaan kauniimmat naiset ja miehet istuivat meikattavina ja kampaajalla. Näky ei ainakaan vähentänyt Maarian jännitystä, nyt hän oli kauhusta kankeana.

- Käydään läpi kävely muutaman kerran, mennään lavalle, Kristo komensi.

Lava näytti Maarian silmissä kilometrien pituiselta. Entä ne kaikki tuhannet ihmiset?

- Tulet täältä sivulta ja kävelet lavan päähän, pyörähtelet, kuten on opeteltu ja kävelet takaisin. Siinä kaikki. Nyt tee se, minä katselen.

Maaria nielaisi. Hän hengitti pari kertaa syvään, nosti leukaa ja lähti liikkeelle. Hän sulki mielestään kaiken muun, keskittyi vain tähän hetkeen.

- Hyvin meni, Kristo sanoi, kun Maaria oli marssinut muutaman kerran edestakaisin. - Nyt meikkiin ja kampauksen tekoon. Sitten sovitamme pukua.

Maarian arvostus malleja kohtaan nousi huikeasti, kun hän seurasi, mitä kaikkea heidän täytyi tietää ja osata. Hermot täytyi pitää kurissa, koko ajan oli kiire ja silti piti näyttää virheettömän kauniilta.

Kriston apulainen loihti hänen kasvoilleen sellaisen glamour-meikin, ettei hän itsekään tuntenut peilikuvaansa. Hiuksiin oli suihkutettu niin paljon lakkaa, että Maarian oli paras vältellä avotulta, ettei syttyisi vahingossa tuleen. Tämä on outo maailma, ajatteli Maaria, mutta samalla hyvin kiinnostavaa ja hauskaa. Kuin teatteria.

Meikki ja kampaus oli valmis, vielä piti saada puku ylle. Annu oli saapunut paikalle viime tingassa, hän oli tehnyt viimeisiä korjauksia asuun. Maaria näki, että Annu oli hermostunut. Esitys oli tärkeä hänen uransa jatkolle. Ja kaikki oli kiinni Maarian onnistumisesta.

Maarian teki mieli juosta karkuun. Jos vain pötkisi ulos taakseen katsomatta. Menisi maanantaina töihin ja jatkaisi tylsää elämäänsä kuten tähänkin asti. Ehkä vielä soittaisi Lasselle ja anelisi anteeksiantoa ja pyrkisi takaisin.

Ei! Ei! Ja vielä kerran ei! Maariaa jännitti, mutta samalla hän melkein pakahtui kaikesta tästä ympäröivästä runsaudesta ja väreistä, hälinästä, kauneudesta ja äänistä. Tällaista tilaisuutta hän ei päästäisi käsistään.

Mekko sujahti Maarian ylle vaivatta ja sopi täydellisesti. Hiusten sävy, meikki, Maarian silmien väri ja punaiset huulet, aivan kuin Maaria olisi syntynyt tuo puku yllään.

Annu halasi Maariaa.

- Näytät upealta. Kiitos, että teet tämän. Onnea! Sinun vuorosi tulee pian. Nähdään sen jälkeen. Kristo lähti kulkemaan edeltä lavan suuntaan. Maaria seurasi kuin unessa. Nyt se tapahtuu. Enää ei voi perääntyä. Vartin päästä kaikki olisi jo ohi. Parasta yrittää nauttia tästä tilanteesta, se tuskin toistuu koskaan. Maaria ja Kristo katsoivat takaa, kun mallit vuoron perään kävelivät pitkin lavaa. Valtavat aplodit säestivät ajoittain mallien kulkua. Maarian vuoro lähestyi. He menivät Kriston kanssa jonoon.

- Pidä katse suunnattuna eteen, leuka ylös. Siellä on valot suunnattu niin, ettei yleisöä näe. Kuvittele, että kävelet itseksesi laiturilla, ihana mekko päälläsi, valmiina kohtaamaan rakastettusi laiturin päässä. Saat hymyillä. Älä turhaan yritä saada naamalle yrmeää malli-ilmettä, se ei sovi sinulle, eikä Annun vaatteille. No nyt. Mene!

Maarian korvissa humisi, kun hän astui esiintymislavalle. Hän nosti leuan ylös ja alkoi kävellä kohti kaukaisuudessa häämöttävää kääntöpaikkaa. Matka tuntui kestävän ikuisuuden. "Kohtaa rakastettusi" sanoi Kristo. Maariaa alkoi hymyilyttää. Mekko oli mukava yllä, sen kanssa oli helppo liikkua. Hän kuuli yleisön taputtavan ja se teki hänet iloiseksi. Maaria kääntyi kaikessa rauhassa, antoi helman heilahtaa, jotta kaikki hienot yksityiskohdat varmasti näkyisivät. Jopa hänen timanttisormuksensa kimalsi valoissa kuin olisi lumottu. Pian kaikki oli ohi.

Lavalta päästyään hän lysähti kasaan kuin olisi juossut maratonin. Esityksestä hänellä ei ollut mitään muistikuvaa.

- Mahtavaa! Annu ja Kristo hihkuivat Maarian ympärillä. - Hyvin meni!

- Menikö? Ainakaan en kaatunut...

He menivät takahuoneeseen. Myös muita ihmisiä tuli onnittelemaan Annua. Ilmeisesti iltapuku oli ollut onnistunut.

- Voit vaihtaa vaatteita täällä kaikessa rauhassa. Menen takaisin saliin. Minun on pakko jäädä tänne loppuun asti, Annu sanoi. - Jos haluat, saat lähteä kotiin. Toki saat jäädäkin, jos olet kiinnostunut. Veisin mielelläni sinut syömään, jotta voimme käydä pienen yhteenvedon. Tänään ei käy, mutta sopiiko, jos soitan sinulle myöhemmin?

- Sopii. Ja mielelläni lähtisin kotiin. Tämä on ollut aika paukku. Olen aivan rätti.

- Marina vie sinut. Ja kiitos vielä kerran, olit aivan mahtava, kuin ammattilainen. Kaunis ja suloinen. Erilainen kuin muut, hyvin persoonallinen.

Persoonallinen? Maaria oli aina ymmärtänyt persoonallisen tarkoittavan samaa kuin outo ja kummallinen. Nyt hän kuitenkin osasi ottaa sen kohteliaisuutena.

Hän vaihtoi ylleen omat tavalliset vaatteensa. Punainen puku jäi roikkumaan henkariin. Maria kosketti sitä kuin jättäisi hyvästit rakkaalle ystävälleen. He lähtivät Marinan kanssa ajamaan kohti Maarian kotia.

- Olisinhan minä junallakin...Maaria yritti, mutta Marina torppasi moiset puheet heti alkuunsa.
- Ei tule kuuloonkaan. Näin nämä hoidetaan. Istu rauhassa ja rentoudu.

Matkalla Marina kertoi monenlaisia mielenkiintoisia asioita mallimaailmasta. Nuoresta iästään huolimatta Marina oli alan kokenut ammattilainen ja tehnyt itsekin mallintöitä.

- Pidän yli kaiken muotimaailmasta. Mutta mallina olo ei sopinut minulle. Nautin enemmän taustajoukoissa olemisesta. On hauskaa löytää malleista heidän parhaat puolensa. Varsinkin Annun ja Kriston kanssa työskentely on ollut opettavaista ja antoisaa. Annu on valtavan lahjakas. Uskon, että hän tulee menestymään ulkomaita myöten.
- Minulle tämä kaikki on uutta. Minähän olen päiväkodin täti, jos et vielä tiedä.

Marina nauroi.

- Voihan sitä olla päiväkodin täti ja malli. Juuri nyt et näytä kovin paljon "tädiltä".
- En ole koskaan näyttänyt tältä, enkä varmaan koskaan enää tule näyttämään, Maaria sanoi apeasti.
- Vannomatta paras. Olit aika hyvä tuolla näytöksessä.
- Minulla päättyi juuri pitkä parisuhde, Maaria päätti avautua Marinalle. - Luulin olevani menossa naimisiin vuosien seurustelun jälkeen, mutta olin väärässä. Mies ei halunnut samoja asioita. Ei edes lapsia...
- Sitten oli oikein, että lähdit jatkamaan matkaa. Varmasti paljon uutta tulee elämääsi, kun päätit las-

kea irti vanhasta ja huonosta. Kuten nyt tämäkin tilaisuus. Olisitko lähtenyt näytökseen, jos olisit ollut vielä miehesi kanssa?

- Tuskin…Maaria sanoi hiljaa.

Mitähän Lasse sanoisi, jos näkisi minut nyt, ajatteli Maaria. Menninkäisestä kuoriutui Keijukainen.

Matka meni kuin siivillä ja perillä Marina tuli vielä käymään kahvilla.

- Sinulla on kiva asunto.

- Hiukan kesken vielä, mutta pidän tästä.

Marina lähti ajamaan takaisin Helsinkiin. Hänellä oli vielä tehtävää Messukeskuksessa. He lupasivat kuitenkin yrittää tavata vielä toistekin.

Maaria istui tyhjässä asunnossa ja tunsi itsensä kovin yksinäiseksi. Kaiken hulinan ja jännityksen jälkeen oli vaikea rentoutua. Olisi ehkä sittenkin pitänyt jäädä juhlimaan muotiväen kanssa. Kenties siellä olisi tavannut komean mallipojan. Hänellä ei ollut edes tyttöystävää, kenelle soittaa ja pyytää mukaan ulos. Meikit ja kampaus olisivat olleet jo valmiina. Maaria meni kylpyhuoneeseen ja alkoi pestä kasvojaan. Tämä oli ollut fantastinen päivä. Upea elämys. Hän laittoi saunan päälle ja avasi television. Rauhallisessa koti-illassa ei ollut mitään vikaa.

Sunnuntaina Maaria heräsi vasta puolen päivän aikaan.

- Minähän elän jo supermallien vuorokausirytmissä, hymähti Maaria ja tunsi olonsa levänneeksi.

Hän katsoi puhelintaan ja huomasi Annun soittaneen.

- Huomenta! Tai päivää...heräsin vasta. Taisi ottaa lujille se eilinen, Maaria sanoi nolona.

- Hei. Ymmärrän hyvin. Adrenaliini virtaa.. Onko sinulla suunnitelmia? Ehtisitkö iltapäivällä syömään? Vaikka kolmelta Sevenissä?

- Sopii. Nähdään siellä.

Maaria ei ollut koskaan käynyt Sevenissä. Se oli kaupungin hienoin ruokaravintola. Hän tiesi, missä se oli, mutta Lassen kanssa he kävivät yleensä pitsalla tai buffet –pöydässä. Mitä kaikkea häneltä olikaan jäänyt kokematta, kun oli tyytynyt Lassen määrittämään elämään.

Kolmelta Maaria oli Sevenin ovella ja näki jo kaukaa Annun tyylikkään olemuksen lähestyvän. Annu heilutti iloisesti kuin vanhalle tuttavalleen. Se lämmitti Maarian mieltä.

- Mennään sisälle, täällä on kylmä, Annu sanoi.

Tarjoilija ohjasi heidät pöytään. Ravintolassa selvästi tiedettiin, kuka Annu oli. Hän oli ilmeisesti vakioasiakas ja hyvä sellainen.

Heille tuotiin ruokalista. Maaria söi yleensä kasvisruokaa tai kanaa. Hän valitsi listalta kasvispyörykät.

- Otetaanko viiniä? Kuohuvaa? Annu innostui. - Lasilliset? Onnistuneen näytöksen kunniaksi.

- Otetaan vaan, Maaria sanoi.

Eiköhän lasillisen jälkeen vielä kykene aamulla menemään töihin.

He söivät herkulliset annokset, joivat kuohuvat ja

nauroivat ja juttelivat, kuin vanhat tutut.

- Näytös meni todella hyvin, Annu sanoi. - Varsinkin sinun punainen iltapukusi sai valtavan huomion. Minulle suorastaan satelee tilauksia ja tarjouksia eri paikoista. Siksi minulla onkin sinulle yksi tärkeä kysymys: kiinnostaisiko sinua tulla mallikseni joskus toistekin?

Maaria oli aivan häkeltynyt.

- Oletko tosissasi?

- Olen, olen! Itse asiassa, sinusta olivat monet muutkin kiinnostuneita, mutta haluaisin itsekkäästi pitää sinut vain itselläni.

- Nyt taidat kyllä puhua palturia, Maaria nauroi, mutta oli hurjan iloinen ja imarreltu.

- En varmasti puhu, Annu sanoi kasvot vakavina. - Ei keikkoja ole usein, mutta niistä saa ihan kivasti lisätuloja.

Kaikki lisäansiot olisivat kyllä enemmän kuin tarpeen. Maarian piti nyt maksaa yksin vuokra, ruoka ja muut laskut. Eikä se päiväkodin palkka todellakaan ole suuren suuri.

- No, ehkä, jos kelpaan…

- Selvä. Tämän keikan palkkiosi on maanantaina tilillä. Otan yhteyttä, kun tarvitsen seuraavan kerran apua. Käydään vielä myymälässä, minulla on siellä jotain sinulle.

He kävelivät lyhyen matkan vaatekauppaan jonne Maaria oli sattumalta ohi kulkiessaan poikennut.

- Oli aikamoinen onni, että olin paikalla itse silloin lauantaina. Yleensä täällä on avustajani, mutta hän sairastui. Aivan kuin itse universumi olisi halunnut meidän tapaavan, Annu sanoi.

- Minunkin elämäni mullistui, Maaria tunnusti. - Kuin olisin voittanut lotossa tai jotain.

Annu meni tiskin taakse ja otti sieltä pukupussiin suojassa olevan punaisen iltapuvun.

- Se on sinun nyt, kuten lupasin. Toivottavasti tulee joku tilaisuus, missä voit käyttää sitä. Uskon, että tuleekin. Sinun onnesi on nyt kääntynyt ja menestys seuraa toistaan, Annu lausui kohtalokkaalla äänellä. Molemmat nauroivat.

- Kiitos paljon, arvostan tätä.

- Laitoin pussiin vielä muutamia vaatteita, jotka arvelen sopivan sinulle. Hiukan arkisempia, kuin tämä puku. Ehkä jopa työhön sopivia. Voit sovitella niitä sitten kotona.

- Aivan liikaa.. Maaria koitti kursailla, mutta oli innostunut, kuin pieni lapsi kaikista ihanista lahjoista.

Annu vei hänet autolla kotiin ja auttoi kantamaan tuliaiset perille. He halasivat ja lupasivat soitella ja viestitellä.

Maaria ryntäsi Annun antamien vaatteiden kimppuun. Siellä oli muutama pusero ja puolihameita, huiveja ja yksi pitkä takkikin. Hän sovitti niitä kaikkia. Miten saattoi olla mahdollista, että ne kaikki sopivat hänen ylleen kuin olisivat tehty juuri hänelle?

Maaria laittoi uudet vaatteet kaappiin, siellä oli hyvin tilaa. Huomenna hän menisi töihin uudet vaatteet

päällään.
Puhelin soi, äiti soittaa. Maarialla meni kylmät väreet. Nyt hän saisi huutia.
- Hei äiti, sanoi Maaria reippaasti.
- Hei. Ajattelin vain kysyä, soittiko Lasse sinulle?
- Soittihan Lasse...
- No hyvä. Nyt te varmaan jatkatte yhdessä kuten ennenkin, eikö niin?
Maaria huokasi. Äiti ei halunnut edes ymmärtää, mitä Maaria halusi elämältä ja parisuhteelta.
- Ei. Emme me ole yhdessä, eikä palata yhteen enää.
- Et voi olla tosissasi! Miksi sinä olet tuollainen? En minä halua että jäät yksin, kuten minä jäin.
- Jos jään yksin, niin sitten jään. Lasse ei ole se, kenen kanssa vietän loppuelämäni. Kadun vain sitä, että huomasin sen vasta nyt.
Äiti yritti vielä puhua järkeä, mutta Maaria lopetti puhelun lyhyeen.

7

Tuhkimo kutsutaan juhliin

Maanantai oli yhtä riemua, kun Maaria kertoi seikkailuistaan muotimaailmassa. Päivä meni siivillä.
Iltapäivällä hän oli pukemassa lapsia ulos, kun eteiseen tupsahti vieras.
- Sakke? Maaria huudahti hämmästyneenä. - Samu

107

taitaa olla jo ulkona ja Sisse on vessapuuhissa...
Maaria nousi ylös, kun sai lapset ulkovaatteisiin.
Riitta vei heidät pihalle. Hän katsoi Sakkea, joka ei
tehnyt elettäkään mennäkseen ulos lasten perässä.
- En tullut hakemaan lapsia, tulin tapaamaan sinua.
Olit lähtenyt perjantaina kun kävin täällä.
- Minua? Minulla on vielä työpäivä kesken... Maaria sanoi topakasti. - Täytyy mennä pihalle, ettei tule
katastrofia.
- Ehditkö kahville töiden jälkeen? Viideltä tuossa
kahvilassa?
- Kyllä kai... Onko jotain sattunut? Onko asunnon
kanssa jotain ongelmaa? Tai Saijalla?
- Puhutaan sitten, Sakke sanoi. - Nähdään pian.
Sakke väläytti hymyn, joka vei Maarialta melkein
jalat alta. Herranen aika, nyt järki käteen, Maaria
komensi itseään mielessään. Sakke saattoi haluta
puhua vaikka putkiremontista ja täällä eräs jo kuulee
hääkellojen kalkatusta.
Riitta riensi heti kysymään, mitä asiaa Sakella oli.
- Hän pyysi minut kahville töiden jälkeen.
- Ai kahville, Riitta kuulosti melkein pettyneeltä. -
No eihän sitä koskaan tiedä...
Loppupäivä tuntui pitkältä, Maarian mielessä kihelmöi odotus tulevasta tapaamisesta. Jos Sakke tosiaan
haluaisi puhua putkiremontista tai ikkunoiden tiivistämisestä, hän pettyisi. Maaria oli jo antanut itsensä
uskoa, että Sakke oli hänestä kiinnostunut, edes vähän.

Maaria oli kahvilassa ennen viittä. Sakke ei ollut
vielä tullut. Hän haki tiskiltä kahvin ja istui pöytään
kasvot ovelle päin, jotta näkisi Saken saapuvan.
Häntä jännitti aivan kaameasti. Melkein enemmän
kuin muotinäytöksessä tuhansien ihmisten edessä.
Hän riisui takin ja piponsa ja toivoi, etteivät hänen
hiuksensa sojottanee: liian hurjina. Tässä ei nyt ollut
aikaa laittautua, vaikka Maaria olisi toki halunnut
olla edukseen, nyt jos koskaan.

Hiukan viiden jälkeen Sakke astui ovesta sisään ja
Maarian sydän pomppasi kurkkuun.
- Moi.
- Sinulla onkin jo kahvia, otatko jotain syötävää, jos
haen? Sakke kysyi. - Pullaa, piirakkaa, sämpylää?
Lihakeittoa, hernerokkaa?
- Ei kiitos, Maaria nauroi.
Pian Sakke istuutui Maariaa vastapäätä ja Maaria sai
jälleen tilaisuuden katsoa noihin syvänsinisiin sil-
miin. Oliko niissä vihreääkin...
- Mitä kuuluu? Oletko jäänyt viime aikoina tien pos-
keen?
- Kiitos, hyvää. Auto on toiminut mallikkaasti, kiitos
veljesi.
- Ja asunnossa kaikki ok? Sakke jatkoi.
Oliko mies hermostunut? Mies pyöritti lusikkaa
kahvikupissa sellaisra vauhtia, että Maaria ajatteli,
että kuppi katuu.
- On, aion maalailla siellä, sain Saijalta luvan.
- Hyvä. Kerro, jos tarvitset apua.

Sakke istui hiljaa ja tuijotti kahvikuppia. Eikö Sakella ollut tosiaan muuta sanottavaa, Maaria mietti. Yleensä niin hilpeä ja supliikki vitsailija oli oudon hiljainen.

- Kertoiko Saija, että kävin heillä viikko sitten? Maaria puhkesi puhumaan. - Olipa heillä julmetun iso talo. Yllätyin aika tavalla, kun tulimme kartanon pihaan. En osannut odottaa ollenkaan... Saija on niin mukava ja maanläheinen nainen. Mikä ei tietenkään estä olemasta hieno kartanonrouva, korjasi Maaria hätäisesti.

- Saija rakastui mieheen ja mies häneen... ei kai siinä sen kummempaa, Sakke sanoi. - Hänen miehensä on tosi mukava myös. Siitä tulikin mieleeni... Jokohan nyt päästään asiaan, Maaria odotti jännittyneenä. Sakella täytyi olla jotain kerrottavaa, kun kutsui hänet tänne. Sakke kaivoi taskustaan kirjekuoren. Se oli kastunut ja rypistynyt, taisi olla jokunen rasvaläikkäkin pinnalla. Sakke avasi kuoren ja kaivoi esiin kultaisilla kirjaimilla kirjoitetun kutsukortin ja ojensi sen Maarialle.

Maaria otti kortin ja luki: Kutsumme teidät gaalaan, illallinen, juhlapuku, tulot menevät hyväntekeväisyyteen...

Maaria ojensi kortin takaisin.

- Hienoa. Onneksi olkoon! Varmasti hienot juhlat. Saija taisikin mainita jotain, jos oikein muistan. Paljon silmäätekeviä vaikuttajia ja varakkaita julkkiksia.

Samalla Maaria tunsi kateuden piston, kun kuvitteli

Saken komeana frakissaan jonkun uljaan naisen kanssa liihottelemassa tanssilattialla.

- Lähdetkö minun seuralaisekseni, Maaria? Sakke kysyi ja katsoi Maariaa silmiin. - En haluaisi oikeastaan edes mennä sinne, mutta sisko pakottaa. Hän sanoi, että tarvitsee sinne tuekseen tuttuja kasvoja, jotta suoriutuu illasta kunnialla.

- Minäkö? Maaria oli ällistynyt. - En minä ole koskaan ollut missään Gaalassa. En todellakaan tunne protokollaa. Miten siellä edes toimitaan. Oletko sinä ollut?

- Olenhan minä, jo monta kertaa.

- Kenen kanssa? Maarialta lipsahti.

Sakke vilkaisi Maariaa yllättyneenä. Hän sipaisi hiukset otsalta, ilmeisesti kysymys oli kiusallinen.

- Vielä kaksi vuotta sitten olin siellä vaimoni kanssa, Sakke sanoi ja katsoi Maariaa vakavana.

Siinä se tuli. Vaimon. Sakella oli vaimo, ainakin vielä pari vuotta sitten. Maaria oli pelännyt sitä ja pelko kävi toteen.

- Vai niin, vaimon, oikein vaimon.

Maaria toivoi, ettei olisi kuulostanut niin kyyniseltä ja musertuneelta. Varmasti Sakke nyt arvasi, että Maarialla oli ollut suuria toiveita tämän tapaamisen suhteen.

- Mutta nyt minulla ei enää ole vaimoa, Sakke sanoi.

- Entä sinä? Onko sinulla mies? Mies autotallissa? Kevyt kahvilakeskustelu alkoi käydä vakavaksi. Ehkä oli parempi selvittää asiat heti alkuun, ettei kummallekaan tulisi turhia toiveita.

- Ei ole miestä, ja entisellä miehelläkin taitaa olla jo uusi suhde. Se ei vienyt kauan, Maaria sanoi apeana.

- Sittenhän me kaksi sinkkua olemme vapaita lähtemään juhlaillalliselle kahdestaan. Suostutko?

Gaala oli jo ensi viikonloppuna. Tietenkin Maarian teki mieli lähteä juhliin Saken avecina, siitä ei ollut pienintäkään epäilystä. Olihan se silti outoa. Mutta olihan tässä tapahtunut outoja koko ajan, miksi ei sitten yllätysjuhliakin.

- Kiitos kutsusta, tietenkin suostun.

He vaihtoivat puhelinnumeroita.

- Juhla alkaa lauantaina seitsemältä. Väkeä alkaa valua paikalle jo kuuden jälkeen ja ajattelin että mekin menisimme silloin. Sopiiko sinulle? Sakke kysyi. - Tulen hakemaan sinut ennen kuutta. Matka ei ole pitkä, kuten tiedät.

- Voisitko tällä kertaa tulla jollain sellaisella autolla, mihin ei tarvitse kiipeillä helmat korvissa… Maaria sanoi.

Sakke nauroi. - Eikö hinausauto käy? No johan sitä ollaan vaativaisia. Katsotaan, mitä voin tehdä.

He istuivat vielä hetken kahvilassa. Sakke kertoi, että juhlissa hengaillaan ja lätistään turhuuksia. Tanssiakin on, siellä on orkesteri ja jotain ohjelmaa. Ruoka on hyvää ja juomat ovat ilmaisia.

- Eikö illalliskortti pidä maksaa? Kysehän on hyväntekeväisyystapahtumasta.

- Minä huolehdin daamini tarjoilut, älä murehdi. Sinun pitää vain ilmestyä paikalle ja olen siitä enemmän kuin kiitollinen.

He erosivat kahvilan ovella ja Maarian teki mieli antaa lähtösuukko, mutta ei rohjennut. Ehkä ensi kerralla sitten.

Kotiin päästyään Maaria soitti heti Kristolle. Hän pyysi jo etukäteen anteeksi julkeuttaan, mutta kysyi, ehtisikö Kristo laittaa hänen hiuksensa lauantaina.

- Kampaus oli niin hieno ja haluaisin näyttää edustavalta juhlissa.

- Minne sait kutsun, Kristo kysyi.

- Jonnekin gaalaan, Kokkosaaren kartanoon, se on hyväntekeväisyysgaala, oliko se kauppakamari vai mikä... Sinne tulee paljon arvokkaita vieraita. En saa nolata partneriani.

- Ei hemmetti, olet sinä melko velho. Miten ihmeessä sinä sinnekin onnistuit pääsemään, Kristo hekotteli.

- Sehän on kauden päätapaus. Annukin on siellä.

- Ihanko totta? Ihanaa, tunnen sitten edes jonkun. Mutta ehditkö laittaa hiukset? Jos et ehdi, koitan löytää jonkun.

- Tietenkin ehdin. Tämän on aivan mainio mahdollisuus verkostoitua ja luoda kontaktia. Pyydän Marinankin, hän laittaa sinulle meikin. Olipa mahtava tilaisuus. Hyvä Maaria! Tämä voi tehdä hyvää urallesi.

Uralleni? Päiväkodin opettajana? Maarialla ei ollut mitään aikomusta verkostoitua ja luoda kontakteja, paitsi yhteen henkilöön: Sakkeen. Ja voi pojat, että

113

hän aikoikin ottaa kontaktia, lähikontaktia, jos mahdollista.

Pääasia, että kampaus ja meikit oli nyt kunnossa. Juhlapuku hänellä olikin. Ihanaa, että hän saisi pukea sen uudelleen ylleen näin pian. Kunpa viikko menisi pian. Hänen haaveillessaan puhelimeen kilahti viesti. Saija kirjoitti, että Sakke oli kertonut kutsuneensa Maarian ja että Saija oli siitä hyvin iloinen, vaikka "hieman hämmästynyt". Hän toivotti Maarian lämpimästi tervetulleeksi.

Seuraavat päivät Maaria käveli puoli metriä maan pinnan yläpuolella. Hän ei voinut uskoa todeksi kaikkea tätä hyvää onneaan. Aika harvoin enää hän ikävöi Lassea. Oli eräs toinen, jonka viestejä hän odotti kuumeisesti. Sakke oli ottanut tavakseen laittaa viestin joka ilta ja niitä Maaria odotti kuin kuuta nousevaa.

"Olethan vielä tulossa?" "Et kai peru lauantain juhlia?" Tanssahtelitko tänään jalkakäytävällä?"
Maaria vastaili mitä milloinkin ja kiintyi yhä enemmän tähän persoonalliseen mieheen.

Lauantaina Kristo ja Marina olivat jo valmiina odottamassa, kun Maaria tuli.
- Siinä se meidän ihmetyttö on, Kristo hehkutti. - Noin vaan soljuu seurapiireihin, voi hyvä tavaton sentään.
Maaria yritti puolustella.
- Ei, en solju yhtään mihinkään. On kyllä eräs mies,

johon haluaisin tehdä lähtemättömän vaikutuksen.
Mitään muuta tarkoitusta ei ole. Toivoisin että hän
voisi olla ylpeä daamistaan.
- Jos ei kaverin silmät tipahda päästä niin hän on
ääliö. Tästä tulee hyvä.
Maarian kampaus oli hiukan erilainen kuin näytök-
sessä. Hiukset hulmusivat vapaina, ne olivat paksut
ja vain loivaa kiharaa. Meikkikin oli juhlava, mutta
seksikäs, sanoi Marina.
- Näytät todella hyvältä. Mies on sulaa vahaa käsis-
säsi, Kristo sanoi. - Hauskaa iltaa, nauti!
Maaria kiitti ja lähti pukeutumaan. Onneksi hänellä
oli Annulta saatu pitkä takki, ulkona oli kuitenkin
kylmä, vaikka pahin pakkanen alkoi hellittää.
Punainen puku solahti jälleen päälle ja Maarian oli
pakko ihailla puvun kekseliäitä leikkauksia ja kau-
nista väriä. Puku oli hänelle tehty, se toi hienosti
esiin hänen vartalonsa parhaat puolet. Se oli rohkea,
mutta ei missään nimessä mauton. Upea, kerta kaik-
kiaan.

Jo viiden jälkeen Maarian ovikello soi. Tuliko Sakke
jo näin aikaisin? Onneksi hän oli valmis. Maaria
avasi oven.
Sakke seisoi ovella ja tuijotti. Tuijotti sanattomana.
- Kuka sinä olet? Hän sai viimein kakaistua ulos.
- Hahhaa, tule sisään, Maaria sanoi, mutta oli mielis-
sään.
Sakke riisui takin. Hänellä oli yllään täydellisesti
istuva tumma puku, ehkä siniseen taittava, koska

hänen silmänsä näyttivät entistäkin sinisemmiltä. Kuinka komea hän olikaan, Maaria mietti haikeana. Sakke tuli hänen luokseen, tarttui häneen ja suuteli.

- En voinut mitään itselleni, Sakke sanoi muka anteeksipyytäen.

- Minkä sille sitten mahtaa, nauroi Maaria.

- Huh sentään! Mikä muodonmuutos sinulle on tapahtunut. Pidän tästä, mutta pidin myös entisestä pipopää Maariasta, Sakke ihmetteli. - Olet todella kaunis, kuin elokuvatähti. Taidat olla kasvanut pituuttakin?

Maaria kertoi onnekkaasta tapaamisestaan suunnittelija Annun kanssa. Hän jätti kertomatta osallistumisestaan Messukeskuksen muotinäytökseen, mutta sanoi esittelevänsä Annun pukua.

- Olen menossa juhliin siis melkein mallin kanssa, Sakke sanoi. - Kelpaako neidille kuitenkin tällainen tavallinen heppu?

Maaria katsoi miestä lämpimästi. Hänelle kelpaisi Sakke koska vain, vaikka loppuelämän ajaksi. Oliko liian aikaista ajatella näin vahvasti? Maaria ei voinut tunteilleen mitään.

- Lähdetään. Katsotaan, tunteeko Saija sinua juhla-asussa, Sakke sanoi ja auttoi Maarialle takin päälle kuin herrasmies.

He kävelivät varovasti portaat alas. Maaria ei ollut vielä niin tottunut astumaan korkokengissä, että olisi voinut lampsia huolettomasti. Alhaalla odotti taksi.

- Ajattelin, että jos otamme juhlissa lasilliset kuohuvaa... Sakke katsoi Maariaa epäröiden.

- Tietenkin me otamme lasilliset kuohuvaa, ellei peräti kaksi, etkö sanonut, että siellä on ilmainen baari, Maaria sanoi reippaasti. – Mennään!

Juhlapaikalla ei ollut vielä ketään, paitsi henkilökunta ja talon väki. Sakke vei Maarian Saijan perheen tiloihin.

Saijan kasvot levisivät hämmästyksestä.

- Maaria? Oletko se todella sinä? Näytät upealta.
- Kiitos. Niin siräkin.
- Ja mikä puku. En ole koskaan nähnyt tuollaista.
- Et olekaan, koska tämä on toistaiseksi ainoa laatuaan. Annu Rosénin suunnittelema.
- Olet täynnä yllätyksiä. Saija sanoi ja vilkaisi veljeään. Tämä näytti enemmän kuin tyytyväiseltä daaminsa rinnalla. Oliko pariskunta lähentynyt toisiaan vai kuvitteliko hän?

Saija esitteli Maarian miehelleen.

- Henrik Antell, hauska tutustua. Toivottavasti viihdyt. Se on kuitenkin juhlien ensisijainen tarkoitus.
- Kiitos, aivan varmasti, sanoi Maaria ja vilkaisi tahtomattaan Saken suuntaan.

Se ei jäänyt huomaamatta Saijalta, joka hymähti.

- Vieraita alkaa kohta tulla. Hovimestari ottaa heidät vastaan. Seitsemältä syödään, omalla väellä on paikat vieraiden seassa. Paikat on plaseerattu, en muista kenen vieressä kukin on. Tarjoilijat vievät teidät pöytiin. Hauskaa iltaa kaikille!

Maaria hakeutui Saken viereen, se tuntui turvallisimmilta paikalta. Olo oli kuin linnan juhlissa. Maaria ei tietenkään ole koskaan ollut linnanjuhlissa, mutta kuvitteli sen tällaiseksi. Ihmisiä alkoi virrata sisään. Monet heistä Maaria tunnistikin lehtikuvista ja uutisista. Maarian ja Saken paikat oli laitettu perimmäiseen nurkkaan. Ilmeisesti Saija ei arvostanut veljensä supliikkitaitoja niin paljon, että olisi laittanut hänet istumaan arvovieraiden viereen. Se oli kuitenkin helpotus Maarialle, jota jännitti. Ruoka oli kuitenkin hyvää ja aivan tavallista.

Astiat kerättiin pois ja oli aika siirtyä saliin, missä orkesteri jo tapaili ensi säveliä. Sakke haki heille pari kuohuviinilasia.

- Hauskalle illalle, Sakke sanoi ja ojensi lasin Maarialle. - Olkaa hyvä, kaunis neito.

Maaria otti kulauksen ja lämmin olo virtasi joka sopukkaan. Hän ei olisi ikinä uskonut että viihtyisi näin hyvin jossain "gaalassa". Mutta tunnelma oli hieno ja ihmiset iloisella tuulella. Lisäksi hänen upea seuralaisensa sai hänet tuntemaan itsensä kauniiksi.

- Maaria? Mitä helvettiä...?

Maaria käännähti. Lasse seisoi hänen takanaan, vieressään sama nainen, jota Maaria oli nähnyt hänen suutelevan.

- Mitä sinä täällä teet? Ja mitä ihmettä sinulla on päälläsi? Et näytä yhtään omalta itseltäsi, Lasse kuulosti toruvalta, mutta ei saanut silmiään irti Maariasta.

Maaria hätääntyi. Onneksi Sakke oli hänen vierellään. Muuten Maaria olisi romahtanut siihen paikkaan, oli kaunis puku tai ei.

Sakke puuttui peliin.- Kaunis daami on minun seurassani.

Lasse näytti happamalta. Hän tuijotti Sakkea ja Maariaa kuin raivohärkä. Nainen hänen vieressään mittaili Maariaa päästä jalkoihin.

- Etkö sinä sanonut, että hän on lyhyt, paksu ja pörrötukkainen, nainen kuiskasi Lassen korvaan, mutta pahaksi onneksi orkesteri lopetti juuri soittamisen ja Maaria ja Sakke kuulivat sen myös.

Lasse punastui ja käännähti kannoillaan, nainen perässä.

Maaria valahti aivan valkoiseksi.

Sakke huomasi, että Maaria järkyttyi. - Oletko kunnossa? Sakke kysyi.

- Mennään vähäksi aikaa ulos, Maaria sanoi.

Hänen oli pakko päästä pois. Tällä hetkellä hän tunsi jälleen itsensä menninkäiseksi. Kaikki itseluottamus oli kadonnut silmänräpäyksessä Lassen ja naisen kohtaamisen myötä. Hän pillahtaisi pian itkuun, ellei saisi muuta ajateltavaa.

Sakke vei hänet Saijan kodin puolelle. He menivät keittiöön. Sakke otti jääkaapista oluet ja kaatoi ne lasiin.

- Otetaan välioluet.

Saija maistoi lasista ja koitti rauhoittua. Kaikkeen muuhun hän oli valmistautunut, mutta ei Lassen tapaamiseen. Olisiko Lasse sanonut olevansa työmatkalla, jos he olisivat edelleen olleet yhdessä? Kuinka monta juhlaa Maarialta oli jäänyt väliin

119

kaikkien näiden vuosien aikana? Raivostuttavaa ja nöyryyttävää.

He menivät istumaan sohvalle. Sakke laittoi kätensä Maarian hartioille, mutta ei sanonut mitään.

- Tuo taisi olla sinun ex-miehesi?

- Miten se viheliäinen hyypiö onnistuu latistamaan tämän upean tilaisuuden muutamassa sekunnissa, Maaria puuskahti. - Hän saa minut tuntemaan itseni rumaksi ja kömpelöksi, aivan kuten se nainen sanoi. Sakke pyöritteli Maarian hiuksia sormiensa ympäri. Hänen kasvonsa tulivat lähemmäksi ja lähemmäksi.

- Sinä olet kaikkea muuta kuin ruma, Sakke kuiskasi.

- Kuulithan sinäkin...

- Hmm, sotkeutuuko tuo tulenpunainen huulipuna jos tulen vielä vähän lähemmäksi...Saken siniset silmät olivat tulleet tummemmiksi hämärässä keittiössä.

Maaria tunsi miehen kehon lämmön ja kädet ympärillään.

- Minulla on käsilaukussa lisää huulipunaa, Maaria kuiskasi ja painoi huulet Saken huuliin.

He olisivat voineet jäädä sohvalle varmaan vaikka muutamaksi tunniksi, mutta Saija rymisteli huoneeseen.

- Täälläkö te muhinoitte, lapsukaiset. Nyt saliin ja sassiin. Noin hauskaa täällä ei saa olla, ylös, ulos ja tanssilattialle. Viihdyttämään vieraita.

Nolostuneena Maaria nousi sohvalta ja oikoi pukuaan. Sakke sen sijaan jatkoi sohvalla istumista ja oli

120

murjottavinaan.

- Eikä, tule tänne, Maa-aaria, ei Saija saa komennella meitä.

- Ei, mennään nyt. Mutta yritetään olla törmäämättä Lasseen.

Vieraat olivat kerääntyneet saliin. Salin lattialla oli useita pareja tanssimassa. Maaria katseli, olisiko Annu paikalla, mutta ei nähnyt häntä. Pahaksi onneksi hän näki Lassen lähestyvän häntä kovaa vauhtia.

- Äkkiä nyt, mennään tanssimaan, Maaria vetäisi Saken keskelle tanssilattiaa.

Lasse jäi seinustalle ja hetken Maaria jo luuli, että mies seuraisi heitä.

Saken kanssa oli ihanaa tanssia. Maaria oli korkokengät jalassaan tarpeeksi pitkä, ettei tanssiminen ollut vaivalloista.

- Suudellaanko? Sakke kiusoitteli.

- No ei, Maaria sanoi tiukasti. - Kuka tietää, mikä esitys siitä syntyy, kun Lasse on tuolla tuulella. Vaikka kyllä vähän tekisi mieli suudella...Maaria sanoi ja tarkoitti sitä.

Sakke naurahti. He keinuivat hiljaa musiikin tahdissa, toisiinsa nojaten. Tällainen hetki voisi kestää ikuisesti.

Kling!

Maaria havahtui hurmoksestaan ja kauhistui.

- Sakke. Sormus putosi.

- Taasko? Asialle täytyy tehdä jotain, voiko sen korjata. No ei muuta kuin etsimään sitten. Sakke kyykistyi ja lähti ryömimään pitkin tanssilattiaa. Muut tanssijat tekivät nopeasti tilaa. Myös sivussa seisoskeleva yleisö alkoi seurata tapahtumia kiinnostuneena. Muutaman minuutin kuluttua Sakke huudahti: Löytyi!

Maaria seisoi hänen edessään, kun hän kykki lattialla. Kun kimmeltävä sormus oli vihdoin hyppysissä, Maaria oli helpottunut.

Pahaksi onneksi osa yleisöstä ilmeisesti luuli, että meneillään on kosinta, ja he alkoivat kerääntyä parin ympärille. Odottavin ilmein tiivistyvä ryhmä ympäröi heidät. Kauhukseen Maaria tajusi tämän myös. Pian Sakkekin ymmärsi mistä oli kysymys. Hän vilkaisi Maaria ja iski silmää. Hän asettui polvilleen Maarian eteen.

- Maaria, ihana nainen, sydämeni valo. Tekisitkö minusta maailman onnellisimman miehen ja suostuisit vaimokseni?

Maaria näki yleisön joukossa hymyileviä, odottavia kasvoja. Hän näki myös Lassen kasvot, jonka leukaperät kiristyivät vihasta. Maaria katsoi Saken suloisia, ilakoivia kasvoja eikä epäröinyt hetkeäkään.

- Tietenkin suostun.

Sakke nousi ylös, laittoi sormuksen Maarian vasempaan nimettömään, johon se istui kuin valettu. Kun he suutelivat, yleisö alkoi taputtaa ja hurrata. Pian alkoi onnitteluja sadella tuntemattomilta ihmisiltä. He tanssivat vielä hetken, sitten Sakke meni hakemaan kuohuviinit kihlauksen kunniaksi.

Heti kun Sakke oli lähtenyt baariin, Lasse rynnisti paikalle ja vetäisi Maarian sivummalle.

- Mitä sinä luulet tekeväsi? Oletko nyt muka kihloissa?

- Miltä näyttää? sanoi Maaria ja heilutteli sormeaan Lassen nenän edessä.

- Lopeta tuo pelleily. Sinä olet minun, minun Maaria, ollut lukiosta asti. Näytät muuten pirun hyvältä tänään, Lasse yritti koskettaa Maarian kasvoja.

- Älä koske varattuun naiseen, Maaria sanoi ja vetäytyi kauemmas.

- Sinä et ole varattu, sinä olet minun, varattu minulle.

- Rakkaani, tässä juoma, Sakke palasi ja kiilasi itsensä Maarian ja Lassen väliin. - Onko täällä kaikki hyvin? Sakke katsoi Lassea silmiin eikä näyttänyt ystävälliseltä.

- Lasse oli juuri lähdössä, Maaria sanoi ja tarttui Saken käteen. - Kuten mekin. Pyydätkö tilaamaan taksin? Mennään kotiin.

- Armaani, sanasi on lakini, Sakke sanoi.

- Tämä ei jää tähän, Lasse kivahti.

Heidän hakiessaan takkeja, Saija tuli heidän luokseen.

- Vai että kihlajaiset?

Sakke ja Maaria katsoivat toisiaan ja hymyilivät.

- Onnea sitten minunkin puolestani. Tervetuloa perheeseen, Maaria, Saija sanoi ja halasi.

- Maaria, odota, Annukin huomasi heidät ja tuli onnittelemaan. - Aikamoinen yllätys, jos saan sanoa. Rohkea teko kosia keskellä noin suurta väenpaljoutta, Annu osoitti sanansa Sakelle.

- Sakke, tässä on Annu, tämän puvun suunnittelija.

- Hauska tutustua. Puku on kaunis, mutta tunnustan olevani enemmän kiinnostunut puvun sisällöstä, Sakke sanoi häpeilemättä.

Annu nauroi ja toivotti mukavaa illan jatkoa.

He istuivat hiljaa taksin takapenkillä. Maarian talon edessä Sakke maksoi taksin ja he astuivat ulos. He kävelivät käsi kädessä portaat ylös Maarian asuntoon. Kaikki tuntui aivan luonnolliselta, kuin he olisivat tehneet näin vuosikausia.

- Otatko juotavaa? Maaria kysyi. - Tarjolla olisi vettä tai kahvia.

Sakke naurahti. - Aika suppea valikoima baarikaapissa. Kiitos vaan, mutta minua ei janota.

Hän tuli lähemmäksi Maariaa. - Olisiko aika laittaa tämä kaunis puku henkarille?

Maaria avasi hakaset ja antoi puvun tipahtaa lattialle.

- Olet ihana, Sakke kuiskasi, nosti hänet syliinsä ja vei hänet makuuhuoneeseen.

8

Miesvieras – ja toinen

Päivä oli jo pitkällä, kun Maaria aukaisi silmänsä. Oliko eilinen ollut vain unta? Hän vilkaisi ihan ensimmäiseksi sormustaan. Kyllä! Se oli edelleen vasemmassa nimettömässä. Maaria naurahti. Ei siinä kauan nokka tuhise, kun se oikea tulee vastaan. Missä sulhanen mahtoi olla? Asunnossa oli aivan hiljaista. Oliko Sakke lähtenyt sanomatta mitään, kauhistui Maaria. Kihlaus olikin pelleilyä ja Maariaparka otti sen tosissaan. Ainakin melkein.

Maaria nousi sängystä ja kaivoi kaapista paidan päälleen. Keittiössä ei ollut ketään, ei myöskään suihkussa tai wc:ssä. Valtava pettymys tulvi Maarian yli. Suhde loppui, ennen kuin oli alkanutkaan. Hän oli jo menossa sohvalle itkemään, kun huomasi, että Sakke nukkui siinä. Miten söpöltä hän näyttikään pienessä mykkyrässä, nenä tuhisten, tukka silmillä. Maaria tuijotti miestä hymyillen.

Vaan miksi ihmeessä Sakke oli tullut sohvalle nukkumaan? Ei kai hän vaan ollut kuorsannut, Maariaa hirvitti. Ainakaan Lasse ei ollut valittanut, tosin Lasse kuorsasi itse.

Maaria kyykistyi Saken nukkuvien kasvojen eteen ja antoi suukon. Sakke raotti silmiään ja alkoi hymyillä.

– Huomenta, tai päivää? Heräsin aikaisin, mutta taisin nukahtaa uudestaan, kun tulin sohvalle.

- Minä luulin, että olit häipynyt, sanoi Maaria syyttävällä äänellä.

- Olisiko minun pitänyt?

Maaria yritti saada selvää, laskiko Sakke taas vain leikkiä. Hänen oma tyylinsä oli kuitenkin se, että puhutaan suoraan ja rehellisesti.

- Ei. Pelästyin ihan hirveästi. Pillahdin jo melkein itkuun, kun luulin että jätit minut.

Sakke nousi istumaan ja veti Maarian sohvalle kainaloonsa. Hän otti Maarian käden käteensä ja suuteli sormusta.

- Juurihan me menimme kihloihin, et kai unohtanut?

- Kuinka voisin unohtaa. Taidan tällä hetkellä olla maailman onnellisin nainen, Maaria nauroi.

He painautuivat toisiinsa , mutta ovikellon pirahdus keskeytti heidät.

- Odotatko vieraita?

- En...

- Älä avaa, Sakke kuiskasi Maarian korvaan ja se tuntui ihanalta.

Maarian ei todellakaan tehnyt mieli avata ovea, varsinkaan tällaisella hetkellä, kun hänellä oli käsissään unelmien mies. Pitkästä aikaa hänkin sai kosketusta ja ihailua, lämpöä ja hyväilyjä. Kaiken kukkuraksi, hänellä ei ollut aavistustakaan, kuka ovella kaipaisi häntä sunnuntaina aamupäivällä.

- Käyn nopeasti katsomassa kuka siellä on. Hätistän kulkukauppiaat tiehensä alta aikayksikön. Älä katoa mihinkään, Maaria komensi ja heristi sormeaan.

Sakke heitti lentosuukon.

Posket punaisina, hymy kasvoillaan Maaria avasi oven.

- Lasse?

Maarian hymy hyytyi ja äkkiä pieni t-paita tuntui kutistuvan vieläkin pienemmäksi.

- Voinko tulla sisälle, Lasse sanoi ja oli jo puoliksi työntymässä ovesta.

- Ei se nyt käy.

Lasse pysähtyi ovelle.

- Minulla on ollut ikävä sinua. Tulisitko jo kotiin? Maaria ei voinut uskoa korviaan. Montako naista tuo mies tarvitsee, jotta olisi tyytyväinen.

- Kotiin? Minun kotini on täällä.

- Sinun kotisi on minun luonani.

- Minä tiedän sinun naisestasi, Maaria huudahti. - Hän, kuka oli eilen kanssasi juhlissa. Näin teidät kadulla yhdessä.

Lasse näytti yllättyvän.

- Pelkkä työkaveri, sinut minä haluan.

- Minä näin, kun suutelit samaa naista vain muutama päivä sen jälkeen, kun olin muuttanut pois. Onko teillä ollut suhde jo aikaisemmin, Maarian oli pakko kysyä, vaikka pelkäsi vastausta.

Lasse näytti aprikoivan, kannattaako olla rehellinen vai yrittää valehdella. Maaria näytti kuitenkin tietävän jo totuuden, joten ehkä rehellisyys toimisi.

- Pientä sutinaa on ollut muutaman vuoden... ei muuta. Sinun kanssasi minä haluan olla suhteessa. Huomasin sen nyt, kun muutit pois. Voidaan mennä vaikka naimisiinkin, jos haluat.

Muutaman vuoden... Vuoden?! Maarian päässä suhisi. Mikä lapsellinen hölmö olenkaan ollut, Maaria ajatteli. Mutta nyt se on loppu.

- Lasse, mene pois.

- Entä jos en mene? Lasse astui askeleen kohti Maariaa.

- Näytät hurjan seksikkäältä pienessä paidassasi.

- Jos nyt kumminkin jättäisit kihlattuni rauhaan, Sakke oli tullut Maarian taakse.

- Mitä tuo hujoppi täällä tekee? Tähän aikaan aamusta, Lasse tiuskaisi ärtyneenä.

- Sulhaseni on ollut täällä koko yön, Maaria sanoi haastavasti.

- Niin olen, Sakke säesti. - Harrastimme esiaviollista seksiä. Se varmaan sallitaan, olemmehan sentään menossa naimisiin.

Lasse näytti olevan räjähtämispisteessä.

- Onko tämä sinun viimeinen sanasi, Maaria? Minä en enää ota sinua takaisin, usko huviksesi. Mitähän äitisi mahtaa tästä kaikesta ajatella? Onko hujoppi käynyt jo äidilläsi esittäytymässä?

Lasse löi arkaan paikkaan. Maaria tiesi, miten paljon äiti arvosti Lassea ja Lassen hienoa uraa ja autoa. Tuskin hinausauton kuljettaja saisi osakseen samanlaista suitsutusta.

- Näkemiin Lasse, kaikkea hyvää sinulle ja tyttöystävällesi, Maaria veti oven kiinni.

Hetken Maaria joutui keräämään itseään ja Sakke antoi hänen rauhoittua.

- Kaikki hyvin?

128

Tunnekuohu oli kuitenkin liikaa ja Maaria purskahti itkuun. Sakke piteli häntä sylissään ja Maaria antoi surun tulla ulos. Vähitellen nyyhkytys vaimeni. Maaria pyyhki silmänsä.

- Mennään aamupalalle, minä keitän kahvit, Maaria sanoi.

- Ei, minä keitän. Mene sinä istumaan rauhassa, minä hoidan kaiken.

Aamiaisen jälkeen Maaria päätti uskaltautua kysymään Saken vaimosta.

- Miksi jätit vaimosi?

- Minäkö? Sakke kysyi aidosti hämmästyneenä. - Mistä olet saanut sen käsityksen, että minä olisin jättänyt vaimoni eikä toisinpäin?

- Ei kai nyt kukaan nainen sinua jättäisi, Maaria sanoi silmät suurina ja tarkoitti sitä.

Sakke hymähti. - Oletpa sinä ystävällinen. Mutta olet väärässä.

Sakke vakavoitui. Ilmeisesti ero oli vieläkin arka puheenaihe. Nainen oli satuttanut pahasti, siltä se Maariasta näytti.

- Tutustuimme alun perin yhteisissä bisneksissä.

- Ai hinausautobisneksessä? Maaria kysyi kummissaan.

- No ei nyt sentään, Sakke naurahti. - Ihan muissa bisneksissä. Olin aivan umpirakastunut. Seurustelimme muutaman vuoden ja menimme naimisiinkin. Luulen, että jo aika pian sen jälkeen Kristiinalla oli aivan muita suunnitelmia, ja yhtäkkiä minä en kuulunut niihin ollenkaan. Minä en tajunnut sitä missään vaiheessa. Vasta sitten kun hän ilmoitti muuttavansa Sveitsiin, aloin tajuta että jokin on vialla. Hän ei nimittäin halunnut minua mukaan ja haki pian eroa. Se oli valtava shokki.

Maarian sydän oli pakahtua, kun hän katseli miehen epätoivoisia kasvoja. Varmasti yllätyksenä tullut ero on ollut raastava. Hänen oma tilanteensa oli aivan erilainen. Hänen ja Lassen suhde oli ikään kuin kuivunut kasaan jo aikoja sitten. Ero oli paljon helpompi.

- Kristiina halusi eron mahdollisimman nopeasti ja omaisuuden puolituksen myös. Hänellä oli visio yhteisestä yrityksestämme, Sakke jatkoi. - Niinpä tein, kuten hän halusi. Ei ketään voi väkisin pakottaa pitämään itsestään. Kristiina on menestynyt Sveitsissä hyvin ja on kansainvälisen yrityksen johtaja. En sopinut siihen kuvioon, ymmärrän sen nyt.

- Oletko toipunut? Vieläkö rakastat Kristiinaa? Maaria kysyi.

Jos Sakke suri vielä eroaan ja kaipasi entistä vaimoaan, ei heillä olisi mitään mahdollisuuksia jatkaa. Maaria ei lähtisi sellaiseen suhteeseen, missä mies ei ollut täysillä mukana. Ei, vaikka hän oli hyvää vauhtia rakastumassa tähän ihanaan tyyppiin. Jos Sakke halusi vain leikitellä hänen kanssaan ilman minkäänlaista sitoutumista, ei Maaria halunnut jatkaa.

Sakke katsoi Maariaa silmiin.

- Toipumiseni on vauhdittunut kohinalla viime viikkoina. Olen kuin eri mies. Mistähän se oikein mahtaa johtua…

Sakke otti Maarian syleilyynsä. Aika pysähtyi, kun he keskittyivät pelkästään toisiinsa.

Ilta alkoi jo hämärtyä, kun Sakke alkoi tehdä lähtöä.

- Minun täytyy pukeutua pukuun, voitko käsittää… Olen samalla reissulla vieläkin. Olipa hyvät pippalot, Sakke nauroi. - Vai mitä mieltä olet? Näistä jatkoista pidin erityisen paljon.

- Harvoista juhlista olen palannut kihlattuna, Maaria tuumaili. - Itse asiassa en yksistäkään, nämä olivat ensimmäiset.

Maariaa pelotti edelleen jonkin verran, että Sakke vain leikitteli hänen kanssaan. Hänelle suhde oli jo täyttä totta. Jos mies nyt lähtisi ja sanoisi "soitellaan", Maaria murtuisi täysin. Tämä ei ollut mikään yhden illan juttu, ei voinut olla.

- Soitan Jaken hakemaan.

Maaria kuuli Saken puhuvan ja nauravan keittiössä. Eivät kai he naura hänelle? Sakke kertoo, miten oli pokannut hupsun tytön juhlista ja nyt tyttö luulee, että he ovat kihloissa. He olivat viettäneet mukavan yön – ja päivän, yhdessä. Siinä kaikki.

Maaria lysähti tuolille.

- Jakke tulee tunnin päästä hakemaan. Hän oli ulkona lasten kanssa.

Sakke suuteli Maarian niskaa.

- En haluaisi irrottautua sinusta hetkeksikään…senkin noita, Sakke kuiskasi. - Mitä sinä olet tehnyt minulle?

Sakke näytti niin komealta puvussaan. Miehet voisivat tosiaan pukeutua pukuun paljon useammin. Maaria oli edelleen pienessä paidassaan ja kiharat olivat valtoimenaan. Huomenna koittaisi arki, työpäivä. Juhlat ja glamour olisivat muisto vain. Sellaisia juhlia ei varmaan tulisi vastaan ihan heti. Entä jäisikö suhde Saken kanssa vain yhden yön jutuksi? Mies tuli käymään, kun halusi hypätä sänkyyn… Ajatus ahdisti Maariaa.

- Koska tapaamme taas? Maaria rohkaistui kysymään.

Hänellä oli ikävä miestä jo nyt, vaikka tämä oli vielä hänen vierellään.

Sakke oli miettivinään.

- Onko huomenna liian pian? En haluaisi lähteä luotasi ollenkaan, mutta on pakko mennä lepäämään välillä, Sakke sanoi hävyttömästi virnistäen. - Haluaisitko vuorostasi tulla minun luokseni? Voisin hakea sinut töistä ja tehdä ruokaa. Täytyyhän meidän tutustua paremmin, kun ollaan kihloissa ja kaikkea.

- Eikö sinulla ole töitä? Kuka hoitaa hinausvuoroja?

Sakke hymyili.

- Ei ole töitä huomenna. Tulen hakemaan sinut päiväkodilta. Kysyn Saijalta, viedäänkö lapset samalla kotiin vai hakeeko itse.

Saken puhelin pirahti.

- Jakke tuli. Lähden nyt. Oli aivan mahtava viikonloppu, Maaria. Maa-aaria… Sakke antoi Maarialle suukon. - Nähdään siis huomenna?

- Nähdään.

Maaria sulki oven ja valtava ikävä hulmahti saman tien. Mitä ihmettä tämä oli? Hän oli aina ollut järkevä ihminen. Oli ollut ainakin siihen asti, kunnes erosi ja rakastui päätä pahkaa tuntemattomaan mieheen. Aivan hullua. Maaria oli menossa suihkuun kun puhelin soi. Äiti soittaa. Maaria puhalsi pari kertaa sisään ja ulos ennen kuin vastasi.

- Lasse soitti minulle, äiti huusi, ennen kuin Maaria ehti sanoa mitään. - Mitä sinä olet mennyt tekemään? Lasse sanoi, että oli tullut hyvää hyvyyttään luoksesi ja lupasi antaa anteeksi sinun hölmöilysi. Vieläpä ottaa sinut takaisin ja ehkä jopa naida sinut. Sinulla oli ollut joku jätkä siellä, molemmat alasti. Mikä häpeä!

Maaria yritti hillitä raivonsa. Tuntui alentavalta kuunnella tuollaista potaskaa, vieläpä äidin suusta.

- Lasse taisi nyt liioitella hieman. On totta, että olen tavannut jonkun. Hänen nimensä on Sakke.

- Et sinä ole voinut tavata ketään, kun vasta äsken erosit Lassesta. Tehän olette olleet yhdessä iät ja ajat. Ei ole mahdollista.

- Kyllä se nyt vaan on. Taidan olla rakastunut...

Maaria toivoi, että äidiltä tulisi jonkinlaista myötätuntoa tai iloa hänen puolestaan.

- Entä Lasse? Etkö tajua, että loukkaat häntä syvästi? Hyppäät sänkyyn ensimmäisen tyypin kanssa, joka tulee eteen.

Maarian teki mieli kertoa, että hyppäsipä hyvinkin sänkyyn ensimmäisen miehen kanssa, koska Lasse ei ole ollut kiinnostunut hänestä enää pitkiin aikoihin. Ja siihen oli löytynyt syykin. Maaria mietti, sanoisiko ja päätti sitten kertoa. - Äiti, Lassella on jo uusi nainen. Näin heidät. He suutelivat keskellä katua. Näytti siltä, ettei se ollut mikään ensitapaaminen. He olivat myös pariskuntana samoissa juhlissa, missä minäkin olin. - Oletko nyt aivan varma, äiti sanoi ja kuulosti epäuskoiselta. - Lasse on herrasmies. - Herrasmies on luultavasti pitänyt kahta naista hyppysissään jo pitemmän aikaa. Minä vain en ole tajunnut mitään. Lassehan oli paljon poissa kotoa, ulkomailla, työmatkoilla, ylitöissä... - Ihanko totta...äiti kuulosti jo rauhoittuneen. - Sehän on hirveää, tyttöparka. Ja minäkin soitin sille häntäheikille, anna anteeksi. - Tuntuuhan se pahalta. Luulin kauan, että Lasse haluaa perustaa perheen minun kanssani. - Voi sinua ressukkaa, anna anteeksi, äiti oli pahoillaan. - Olen siirtynyt elämässä eteenpäin, Maaria sanoi ja tarkoitti sitä. - Haluaisitko tulla käymään uudessa kodissani? Voidaan jutella lisää. - Ehkä voisinkin, äiti sanoi. - Mutta katsotaan sopiva päivä myöhemmin. Minun täytyy nyt sulatella kuulemaani. Minullekin Lasse valehteli päin naamaa, se tuntuu pahalta. Olen iloinen, jos olet löytänyt uuden rakkauden näin pian. Ehkä voisit tulla hänen kanssaan käymään? Rauhoitun, jos näen, että hän on hyvä sinulle.

Maarian lopetettua puhelun hänestä tuntui yhtä aikaa helpottuneelta ja pahalta. Pahalta äidin puolesta, joka oli kohdistanut kaikki toiveensa Maarian tulevaisuuden suhteen Lasseen. Se peli oli nyt pelattu.

Aamulla työkaverit arvasivat, että juhlat olivat menneet paremmin kuin hyvin. Maarian leveä hymy paljasti kaiken.

- Ja taisi juhlien ohella etkot ja jatkotkin mennä kivasti, Riitta kiusoitteli.

Mukava työpäivä meni kuin siivillä. Maariaa jännitti Saken tapaaminen. Hän näkisi tämän kodin. Mahtoiko Sakella olla yksiö kerrostalossa? Eron jälkeen asutaan usein jossain tilapäiskämpässä, kunnes löytyy joku sopivampi. Autonkuljettajalla ei varmaan ollut kummoinen palkka, vaikka Sakke työskentelikin isänsä firmassa. Ruokana olisi mikroateria? Tuskin poikamies mitään ruokaa osaisi tehdä ja se oli aivan ok. Maaria oli itse aika keskinkertainen ruuanlaittaja.

Mutta mikään näistä ei haitannut Maariaa pennin vertaa. Hän vaatisi Saken asumaan luokseen ja pitäisi tästä huolta ikuisesti. Ehkä myöhemmin he voisivat ottaa lainaa ja ostaa pienen talon. Kasvattaa lapsia ja tehdä työtä. Hyvää elämää.

Viiden jälkeen Maaria lähti päiväkodista. Viimeinen tunti oli kulunut hitaasti. Saija oli hakenut lapset aikaisin.

- Kuulin, että sinulla on treffit illalla.

Maaria punastui.

135

- Niin no...
- Veljeni taitaa olla aivan lumoissasi, Saija hymyili.
- Se on hieno juttu. Aloimme olla jo hiukan huolissamme Sakesta. Hän ei tuntunut pääsevän eteenpäin sitten millään. Ennen niin iloinen ja hauska kaveri vaipui synkkyyteen pitkäksi aikaa. Ero satutti häntä kovasti.

Saija vilkaisi Maaria terävästi kuin tarkistaen, ettei tällä olisi mitään vastaavaa aikomusta. Sisar halusi suojella veljeään sydänsuruilta.

- Erot ovat hankalia, helpotkin erot, Maaria virkkoi diplomaattisesti. - Sakke lupasi viedä minut kotiinsa ja tehdä jopa ruokaa. Tuleekohan sieltä purkkihernekeittoa vai mikroateria? Molemmat ovat hyvä vaihtoehtoja. Joskus pienissä yksiöissä ei ole kunnon keittiötäkään. Minulle kelpaa ruoka kuin ruoka.
- Mitä? Missä ihmeen yksiössä...? Saija sanoi, mutta lause jäi kesken, kun Samu ja Sisse juoksivat äitinsä luo.

Maaria ehti odotella muutaman minuutin portilla, kunnes näki valkoisen auton lähestyvän. Kaikki lapset oli jo haettu ja henkilökunta oli lähtenyt, joten tuon täytyi olla Sakke. Suuri valkoinen Volvo pysähtyi Maarian eteen. Sakke astui ulos autosta ja avasi Maarialle oven. Maaria nousi uudenkarhean maasturin kyytiin. Auto näytti hienolta ja kalliilta. Sakke suuteli Maariaa heti kun tämä istui autoon.
- Oliko ikävä? Sakke kysyi.
- Vähän... Maaria vastasi, vaikka olisi halunnut sa-

noa että oli aivar riutunut ikävästä. - Kenen autolla olet liikenteessä? Tämä on hieno. Onko tämä Saijan? Kiva, että hän lainaa sinulle autoa.

Sakke avasi suunsa kuin vastatakseen, mutta ei sitten sanonut mitään.

- Millainen päivä sinulla oli, Sakke kysyi. - Olivatko lapset kiltisti? Maaria kertoi päivän hupaisista sattumuksista. Hänellä ei ollut koskaan sellaista työpäivää, ettei siihen olisi mahtunut naurua ja iloa.

He ajoivat aika pitkään, kaupungin laitamille. Seutu oli vierasta Maarialle. Tien varrella oli uusia omakotitaloja, mutta ei yhtään kerrostaloa.

- Minä asustelen täällä maalla, omassa rauhassa, Sakke sanoi, kun matka edelleen jatkui.

Oli jo hämärää, kun he saapuivat suuren kivitalon pihaan. Piha oli kauniisti valaistu. Valkoinen, kaksikerroksinen talo näytti upealta kohdevalaisimien loisteessa. Sakke painoi jotain nappia ja autotallin ovi aukesi itsekseen. Sakke ajoi Volvon sisään ja sammutti auton. Hän katsoi lempeästi Maariaan, joka istui hyvin hämmentyneenä hänen vieressään.

- Perillä ollaan.

- Mitä tämä on? Kuka täällä talossa asuu? Kenen tämä auto on? Oletko talonvahtina tai jotain? Maaria ei käsittänyt alkuunkaan, miksi he olivat tulleet tähän hienoon taloon, eivätkä menneet Saken yksiöön. Ei Maariaan tarvinnut tehdä vaikutusta. Hän oli jo valmista kauraa.

- Onko sinulla täällä joku alivuokralaisasunto? Oletko talonmies? Sakkea nauratti ja hurmaavat hymykuopat sulattivat myös Maarian hymyn, vaikka varsinaiseen asiaan ei tullut vielä selvyyttä.

- Mennään nyt ensin sisälle niin kerron. Ja kyllä, tämä on minun autoni. En ole varastanut sitä enkä lainannut Saijalta tai Saijan mieheltä. Auto kuin auto. Maalla on hyvä olla vähän tymäkämpi kulkuneuvo, ettei jää hankeen kiinni. Vaikka onhan minulla hyvät suhteet hinauspalveluun...

Maaria kulki Saken perässä rappusia ylös. He ohittivat jonkinlaisen kylpyosaston ja jatkoivat vielä ylöspäin toiseen, tai oikeastaan kolmanteen kerrokseen. He tulivat suureen olohuoneeseen, jossa oli lähes koko seinänkokoiset ikkunat. Ulkona oli jo niin pimeää, ettei Maaria nähnyt, miltä maisema näytti. Hän näki ikkunassa vain omat pörröiset hiuksensa ja hämmästyneet kasvonsa. Olohuoneen vieressä oli valtava keittiö, viimeistä huutoa olevine kalusteineen. Uuni, jääkaappi, kylmäkaappi, liesituuletin...

- Ooohh! Pääsi Maarian suusta. - Onpa ihana talo. Kerta kaikkiaan upeaa.

Maaria kulki Saken perässä kuin asuntonäytöllä. Yläkerran kylpyhuone, vaatehuone.

- Ja mikäs se täällä on...Sakke pomppasi suureen sänkyyn ja jäi makoilemaan keskelle sänkyä.

Maaria katseli upeaa huonetta. Sänky oli varmaan kolme kertaa isompi kuin hänen. Ei tuommoisia saa kaupasta, ne pitää teettää jossain. Seinät olivat tummahkot, mutta kauniin sävyiset. Ja jälleen suuret ikkunat, joista kesällä avautuisi epäilemättä kaunis maisema. Sisustus oli hillitty ja tyylikäs. Oliko Sakke itse osannut sisustaa tällaisen, mietti Maaria ja pomppasi sänkyyn Saken viereen.

- Tänne jättisänkyyn häviää tämmöinen piskuinen naisenpuoli... Maaria nauroi.

- Et häviä, minä etsin sinut käsiini, sanoi Sakke ja otti Maarian syleilyynsä. - Mutta minä lupasin sinulle ruokaa, joten vielä ei ole nukkuma-aika. Ehkä myöhemmin... Sakke sanoi ja iski silmää.

Maaria olisi todellakin voinut jäädä sänkyyn, mutta totteli ja nousi Saken perässä keittiöön. Tämä kaikki oli hyvin mielenkiintoista. Hän istui baarijakkaralle ja jäi seuraamaan, kun Sakke pilkkoi tottuneesti vihanneksia ja laittoi vuoan uuniin. Mieshän osasi laittaa ruokaa. Kokkaileva mies oli aika seksikäs, tuumi Maaria. Siksiköhän televisio on täynnä kaikenmaailman kokkeja, mieskokkeja. No, he eivät kyllä olleet kovin seksikkäitä.

Sakke kattoi heille lautaset. Hän otti uunista ruuan ja tarjoili salaattia.

- Neiti on hyvä. Ruokahalua.

Maaria oli nälkäinen. Hän oli viimeksi syönyt päiväkodilla lounaan. Ruoka oli maukasta. Paljon parempaa, kuin hänen itse valmistamansa, hän joutui tunnustamaan. Hän otti vielä lisää ja toivoi, ettei näyttäisi liian ahneelta. Se taisi olla jo myöhäistä.

- Aivan erinomaista sapuskaa, Sakke. Kiitos. En muista koska olisin syönyt noin hyvää ruokaa. Sinulla on selvästi lahjoja.

- Kiitos, ihan tavallista kotiruokaa, Sakke sanoi vaatimattomasti, mutta näytti olevan mielissään kiitoksista. - Harvoin saa kokkailla noin kauniille naiselle.
- Harvoin? Olet siis joskus kokannut kauniille naiselle?
- En ole koskaan kokannut noin kauniille naiselle, Sakke korjasi vikkelästi.
Molemmat nauroivat.
Maaria katseli ympärilleen kauniissa talossa. Luultavasti hän ei ollut ensimmäinen nainen, joka sai maistaa tämän hurmurikokin ruokia. Ajatus kiusasi häntä.
- Kerropa nyt, mikä on tämän kauniin talon tarina. Kenen tämä on?
- Tämä on minun piilopirttini, Sakke sanoi. - Tämä rakennettiin eron jälkeen. Kristiina ei ole asunut täällä koskaan. Hän ei ole edes käynyt täällä.
- Sinun? Oletko nyt ihan tosissasi? Maaria ajatteli, että Sakke keksi taas juttuja omasta päästään. Maaria yleensä uskoi kaiken, se on todettu jo moneen kertaan.
- Minun, minun, miksi se on niin vaikea uskoa?
- Mutta sinä olet autonkuljettaja. Hinasit minua, tai oikeastaan punaista pikkuautoani, eestaas talvella, muistatko?
- Kuinka voisin unohtaa, kultaseni, Sakke silitti Maarian hiuksia. - Tanssiva asiakas punaisine toyotoineen... Ajan autoa silloin tällöin, jos isä tarvitsee apua. Eron jälkeen ajoin paljonkin, kun halusin muuta ajateltavaa. Ja viihdyn isän ja Jaken kanssa, vaik-

ka en osaakaan paljon muuta kuin ajaa autoa.

- Mitä sinä sitten oikeasti teet?

Maaria melkein pelkäsi vastausta. Jos Sakke olikin joku rikollispomo, rahanpesijä. Tai huumekauppias. Mistä muualta kukaan saisi niin paljon rahaa, että voisi rakennuttaa tällaisen talon. Edes ministeri ei saanut palkkaa niin paljon, että voisi jo nuorena ostella taloja ja autoja. Sakke ei ollut ministeri, sen verran Maariakin oli politiikkaa seurannut.

- Voititko lotossa? Maaria kysyi.

Sekin olisi parempi vaihtoehto kuin huumekauppias. Sakke nauroi. Selvästi häntä huvitti Maarian epätietoisuus ja hän halusi kiusata tätä vielä hetken.

- Etkö sinä sitten huoli rikasta miestä, Sakke sanoi suupielet alaspäin. - Miäs sitten tehdään...

- Sano nyt jo, tai hermostun.

Sakke oli hetken hiljaa kuin olisi punninnut, voisiko Maariaan luottaa. Tosin, Maaria oli jo osoittanut, ettei ollut mikään onnenonkija.

- Myin yritykseni. Meillä oli Kristiinan kanssa yhteinen suunnittelutoimisto, pelejä ja sen semmoista. Roikuin siellä oikeastaan vain Kristiinan takia, mutta meille sattui muutama onnistuminen ja saimme taloudellista menestystä. Jotta ihan rehellisellä työllä on ansaittu joka euro. Mikäli koodausta ja ideointia voi pitää rehellisenä työnä, Sakke lisäsi. - Sinun työsi on oikeaa työtä, arvostan sitä paljon.

- Miksi et kertonut? Maaria tunsi itsensä jollain lailla petetyksi. Autonkuljettaja paljastuukin itmiljonääriksi, ei toisinpäin. Vaan kumpi onkaan pahempaa...

- Miksi sinä et kertonut, että olet huippumalli, Sakke sanoi. - Sama juttu.

- Mutta enhän minä ole... Maaria aloitti.

- Odotas, haen jotain.

Sakke meni eteiseen ja haki sieltä sanomalehden. Se oli eilinen Hesari, sunnuntain lehti. Hän selasi vimmoissaan sivuja ja löysi lopulta etsimänsä.

- Onko sinulla tähän jotain kommentoitavaa? Maaria katsoi Saken osoittamaan kohtaan ja näki kaikeksi kauhukseen oman kuvansa. Se oli neljäsosasivun kokoinen, suurin kaikista sivun kuvista. Juttu kertoi muotimessuista. Maarialla oli kuvassa tietenkin punainen mekkonsa, tiukka poseeraus ja leveä hymy. Alla oli mainittu Annu Rosén, ei tietenkään häntä. Malli oli vain malli.

- Apua, mikä tuo on.

- Kiistätkö, ettet tuo ole sinä, Sakke kysyi haastavasti.

- Mekko ainakin näyttää kovin tutulta. Näytät muuten hiton hyvältä. Vau! Kuva on onnistunut.

- Jos kiinnostaa, ajattelin sinua tuolla hetkellä, Maaria sanoi ja antoi suukon.

Maarian päässä risteilivät monet ajatukset. Ketkä kaikki olivat nähneet kuvan? Äiti ei lukenut Hesaria. Eikä moni muukaan tuttu. Ja entä sitten, vaikka olisivat? Ei Maarialla ollut mitään hävettävää.

- Sattumien summana pääsin esittämään yhden puvun, yhden kerran. Sain sitten palkaksi sen puvun, mikä oli onni, koska sain kutsun hienoon gaalaan

142

erään komean miehen seuralaiseksi. Loppu onkin historiaa.

Maaria kohotti kättään ja katsoi tuttua timanttisormustaan lämpimästi. Olisipa täti näkemässä hänet nyt. Vaikka suhde Sakkeen ei onnistuisi, hänellä ei ollut aikomustakaan ottaa sormusta enää koskaan pois nimettömästään.

- Minä olisin vienyt sinut hienoon gaalaan vaikka olisit pukeutunut pipoon ja verkkahousuihin, Sakke sanoi.

- Sinä näytit upealta jo silloin, kun näin sinut ensimmäistä kertaa. Mutta juhlissa säteilit kuin filmitähti. Olin ylpeä että juuri minä sain olla sinun kavaljeerisi. Minulta ei jäänyt huomaamatta miesten katseet, puhumattakaan Lassesta.

Sakke näytti ärtyvän, kun mainitsikin Lassen nimen.

- Olemmeko nyt paljastaneet salaisuuksia sen verran että voimme mennä pienelle ruokalevolle sinun jättiläissänkyysi?

- Luulen niin. Tulehan, supermalli…

Ilta kului aivan liian pian.

- Minulla on huomenna aikainen herätys, Maaria sanoi. - Vietkö minut kotiin?

- En. Pidän sinut panttivankina.

Maariaa ihastutti Saken pelleily, mutta hän oli säntillinen ja luotettava työntekijä. Hänen piti päästä nukkumaan.

- Työpäivinä ei hilluta yömyöhään.

- Etkö voisi jäädä yöksi, pyysi Sakke. - Haluan pitää

143

sinut kainalossani. Lupaan herätä aamulla ajoissa ja heittää sinut töihin.

Maaria mietti hetken, kiusaus oli melkein ylivoimainen, mutta sanoi sitten jämäkästi ettei se nyt käy.

- Lupaatko tulla viikonloppuna yökylään? Ota pyjama ja hammasharja mukaan. Tai ainakin hammasharja...

- Se olisi ihanaa, tietenkin tulen.

He ajoivat takaisin Maarian asunnolle. Lähtösuukko venyi puolen tunnin mittaiseksi, kun kumpikaan ei olisi halunnut lähteä pois. Lopulta Maaria avasi auton oven.

- Ihana ilta, kiitos. Soita. Ja tule käymään. En tiedä, jaksanko odottaa viikonloppuun.

Maaria katseli portailta miten valkoinen Volvo katosi kulman taakse. Saman tien häntä alkoi kaduttaa. Olisi pitänyt pyytää Sakke nukkumaan hänen luokseen. Kannattiko haaskata yhtään hetkeä, kun oli löytänyt jotain noin ihanaa.

Maaria oli aivan pyörällä päästään. Hän meni sänkyyn, mutta uni ei tullut. Sakelta tuli vielä viesti: *hyvää yötä* ja Maaria vastasi: *hyvää yötä*. Tänä iltana oli tapahtunut niin paljon. Oliko Sakke ollenkaan se mies, miksi Maaria häntä oli luullut? Mitä kaikkea hänestä mahtaa vielä paljastua? Eihän Maria vielä tuntenut miestä ollenkaan, mutta oli silti korviaan myöten rakastunut. Siitä ei päässyt yli eikä ympäri.

Maaria nukkui rauhattomasti ja heräsi ennen kuin kello ehti herättää. Hänellä oli heti ikävä Sakkea.

Kieltämättä, olisi upeaa, jos saisi herätä hänen vierestään joka aamu.

- Järki käteen, nainen, komensi Maaria itseään.

- Ylös, ulos ja töihin, mars. Maaria laittoi kuitenkin Sakelle hyvän huomenen toivotuksen. Mies varmaan nukkuisi, tuskin hänellä oli aikaista aamuherätystä. Vastoin kaikkia odotuksia Maaria sai kuin saikin vastauksen aivan heti. *"En saa nukuttua, kun et ole kainalossani"*. Maaria hymyili. *"En minäkään. Kaduttaa, että lähetin sinut illalla matkoihisi."* *"Se oli kyllä hyvin, hyvin ilkeästi tehty"* Ja suruhymiö. *"Tule illalla, niin lohdutan. Nyt pitää mennä"*. Maaria oli onnellinen. Maailma näytti jotenkin erilaiselta. Koskaan ennen ei hänellä ole ollut näin kevyt ja iloinen olo. Jotain mullistavaa oli tapahtunut.

9

Pari on suhteessa

Äkkiä Marian päivät alkoivat olla kiinnostavia. Työpäivät olivat aina olleet Maarian mielestä aivan mahtavia, mutta ennen niin tylsät illat ja viikonloput saivat nyt Saken myötä uutta sisältöä. Maaria oli antanut Sakelle asuntonsa avaimet. Välillä Sakke jäi yöksi, mutta ei aina. Parina iltana Maariaa oli odot-

145

tanut upea illallinen kun hän tuli töistä.

- Kiitos. Kiitos paljon, sanoi Maaria liikuttuneena ja ahmi herkut hyvällä ruokahalulla.

He kävivät kävelyllä ja kerran jopa hölkkäsivät pienen lenkin. Molemmat olivat urheilullisia ja nauttivat ulkoilusta.

Maaria oli myös käynyt teroittamassa luistimensa ja pyysi Sakkea luistelemaan kanssaan.

- Lähellä on luistinrata. Saijakin käy siellä lasten kanssa, mennään sinne. Tule töiden jälkeen meille.

Maaria käveli töistä kotiin ja näki Saken auton pihalla. Hän juoksi portaat ylös, koska halusi päästä halaamaan miestä. Siitä oli jo monta tuntia, kun he aamulla erosivat.

Sakke odotteli jo malttamattomana. Luistimet näyttivät olevan eteisessä.

- Joko mennään?

- Minulla taitaa olla kulunut melkein kymmenen vuotta, kun viimeksi olin luistimilla, Maaria sanoi apeana. - Noinkohan pysyn enää pystyssäkään.

- Minä pidän sinusta kiinni, Sakke sanoi.

He kävelivät luistinradalle käsi kädessä. Pikkupakkanen oli juuri sopiva ulkoiluun. Nämä taisivat olla viimeisiä mahdollisuuksia luistella ulkojäillä. Aurinko alkoi jo sulattaa päivisin lumia.

Jäällä ei ollut paljon väkeä, mutta muutama tuttu siellä oli.

- Moi Sakke, moi Maaria, Saija ja Samu olivat tulleet luistelemaan. Samu oli juuri oppinut luistelun alkeet ja halusi harjoitella lähes joka ilta. Ylpeänä hän esitteli taitojaan.

- Me ollaan juuri lähdössä. Iltapuuhat odottaa, Saija sanoi.

Sakke oli jo saanut luistimet jalkaansa ja lähti Samun kanssa luistelemaan. Saija hymyili Maarialle.

- Te näytätte viihtyvän yhdessä? Olen niin iloinen, Sakke on pitkästä aikaa herännyt eloon. Ehkä hän tarttuu vielä töihinkin. Ja töillä tarkoitan tietenkin hänen omia töitään, eikä isän hinausauton ajamista, Saija puuskahti.

- Minä olen herännyt eloon myös, Maaria sanoi. - En uskonut, että elämällä olisi tarjottavanaan vielä jotain tällaista. Tämä kaikki on vaan niin uskomatonta.

- Sakke muuten esitteli meille sinun mallikuvaasi muotimessuilta kovin polleana. Olit juhlissa niin kaunis, mutta tuohan selittää sen. Joku päivä saat kertoa minulle, miten onnistuit pääsemään muotimaailman huipulle.

- Ja höpö höpö, nauroi Maaria. Häntä melkein nolotti, että Sakke esittelee kuvia kuin hän olisi joku ammattimalli. - Kaikkea muuta. Tartuin hetkeen. Päätin tehdä niin aina tästä eteenpäin, kuten nyt, kun tuo hupsu mies leikkii tuolla Samun kanssa.

Saija kutsui Samua ja ankarasta vastustelusta huolimatta nappasi pojan kainaloonsa ja lähti autolle.

- Hauskaa illan jatkoa, älkää kaatuko, Saija sanoi lähtiessään.

- No niin, jääprinsessa, näytä taitosi, Sakke sanoi,

kun Maaria sai luistimet jalkaansa.

Maaria astui varovasti jäälle. Olisiko vuosien harjoitus muistissa selkäytimessä? Luistimet olivat ainakin hyvässä terässä, sen hän tunnisti heti. Hän otti varovasti askeleen sivuun ja toisen. Yhä rohkeammin hän otti vauhtia ja tunsi taidon palaavan. Hän lähti kiitämään alueen toiseen päähän ja vauhti kiihtyi koko ajan. Pian hän kiisi ympäri jääkenttää hurjaa vauhtia. Kuin transsissa Maaria kääntyili, luisteli takaperin, teki pieniä piruettejakin ja jopa hyppäsi ilmaan. Sitten oli pakko pysähtyä. Sydän hakkasi tuhatta ja sataa. Maaria nojasi polviinsa ja huohotti.

- Bravo! Sinä se et lakkaa yllättämästä, Sakke oli luistellut hänen viereensä.

- Olen kaivannut tätä, Maaria sanoi ja liikuttui. - En tajua, miksi koskaan lopetin. Minulla ei ollut lahjoja huipulle asti, mutta rakastin luistelemista yli kaiken.

- Sen huomaa, Sakke sanoi ihastusta äänessään. - Minun mielestäni olet todella taitava.

He luistelivat vielä tunnin pitkin, poikin jäällä. Ei Sakkekaan mikään huono luistelija ollut. Hän pelasi jääkiekkoa isänsä ja veljensä kanssa harrastelijaporukassa.

He kävelivät takaisin posket punaisina.

- Tiedätkö, sinä olet muuttanut elämäni, Maaria sanoi, kun he istuivat Saken kanssa iltateellä. - Olen hurjan onnellinen, onnellisempi kuin koskaan, mutta minun on pakko kysyä sinulta yksi kysymys.

- Mikä se voi olla, kun me jo olemme lupautuneet

menemään naimisiinkin, ihmetteli Sakke. - Vai onko
se kysymys: Rakastatko sinä minua?
- Ai? No voisi se olla sekin, mutta ei. Minä ainakin
rakastan, rakastan... mutta minun on pakko saada
tietää, onko sinulla haave saada joskus lapsi tai lap-
sia?
Maariaa pelotti, mitä Sakke vastaisi. Maariasta näyt-
ti siltä, että mies piti lapsista. Hän tuli hyvin toimeen
sisarensa ja veljensä lasten kanssa.
Tämä oli kuitenkin tärkeä kysymys Maarialle. Hän
halusi ehdottomasti lapsen. Lasse ei halunnut ja se,
muiden syiden ohessa, oli johtanut eroon. Jos Sak-
kekin nyt epäröisi, Maarian olisi pakko miettiä hei-
dän suhteensa jatkoa. Se teki kipeää, koska hän tosi-
aan rakasti tätä miestä.

Sakke nousi ja tuli hänen luokseen. Hän otti Maarian
kasvot käsiensä väliin ja suuteli.
- Mikään ei olisi hienompaa kuin saada lapsi sinun
kanssasi.
Maaria oli helpottunut ja onnellinen. Hän oli aina
ollut sitä mieltä, että lapsia saadaan, ei hankita. Ei-
hän ollut varmaa, että hän edes saisi lapsia. Mutta
tämä oli jo askel siihen suuntaan.
- Olen valmis yrittämään vaikka heti, Sakke sanoi ja
iski silmää.
Maaria nauroi. Hän oli onnellinen.

Viikonlopun suunnitelmiin oli sovittu käynti Maari-
an äidin luona. Lauantaina Maaria heräsi Saken ta-
lossa ja vatsaa kipristi tuleva kyläily. Hän epäili,

ettei hänen äitinsä ollut unohtanut Lassea, vaikka oli lohdutellut Maariaa eron jälkeen. Toisaalta, mitä sitten? Hän oli aivan varma Sakesta. Sakke oli "se oikea" ja Maaria oli rakastunut häneen.

- Huomenta.

Sakke oli jo kattanut aamiaispöydän valmiiksi. Joskus Maariaa melkein hävetti, että hän teki paljon vähemmän kotitöitä kuin Sakke. Ennen hän oli tehnyt kaiken. Lasse hädin tuskin jaksoi laittaa astiat pesukoneeseen, ruokaa hän ei tehnyt koskaan. Maaria ei ollut mikään kodin hengetär, mutta osasi tehdä kotiruokaa ja piti kodin siistinä.

- Jännittääkö? Sakke kysyi.

- Jännittääkö sinua? Maaria kysyi vastakysymyksen.

- Ei jännitä. Äitisi on varmasti mahtava tyyppi. Kunpa olisin ehtinyt tavata isäsikin.

Maaria toivoi sitä myös. Isä oli lempeä ja huumorintajuinen, hauska, leppoisa mies. Joskus jopa niin leppoisa, että kävi äidin hermoille. Maaria uskoi, että he olivat rakastaneet toisiaan hyvin paljon. Isän kuolema oli vaikuttanut äitiin. Hän ei vieläkään ollut aivan oma itsensä.

Matkalla Maaria mietti, olisiko kuitenkin pitänyt jättää äidin tapaaminen myöhemmäksi. Jos äiti nyt olisikin epäkohtelias ja ilkeä Sakelle, se saattaisi vaikuttaa heidän suhteeseensa.

Saken vanhemmat olivat aivan upeita. Isän hän oli tavannut ensi kertaa, kun hän hinasi Maarian autoa. Saken isä oli leikkisä ja naurava, aivan kuten molemmat poikansakin. Äidin Maaria tapasi ensi kertaa juhlissa, mutta he olivat myös käyneet heidän kotonaan sen jälkeen. Äiti oli hiljaisempi, pullantuoksuinen mummo, lämmin ja lempeä. Maaria tunsi heti olonsa kotoisaksi hänen lähellään.

- Perillä ollaan, Sakke sammutti auton.

Maaria ei liikahtanut penkistään. Oliko tämä virhe? Pitäisikö kääntyä takaisin?

Sakke oli kuitenkin jo astunut ulos ja tuli avaamaan Maarian oven.

- Mitä nyt? Sakke ihmetteli.

- No kun... Maaria takelteli.

- Mennään, Sakke komensi ja he lähtivät kävelemään pihan poikki. - Täälläkö sinä pienenä leikit?

Maaria kertoi lapsuudestaan, se oli hänen mielestään hyvä lapsuus. Koulu oli sujunut, hänellä oli kavereita ja harrastuksia.

Ovella Maaria epäröi. Sakke sen sijaan soitti reippaasti ovikelloa.

Maarian äiti avasi oven hymyillen. Hänellä oli siistit vaatteet yllään ja hiukset oli kammattu. Taisipa hänellä olla vähän meikkiäkin. He menivät sisälle.

Maarian äiti oli keittänyt kahvia ja he istuivat pöytään. Maaria huomasi, miten äiti tarkkaili Sakkea.

- Sinä siis ajat autoa ammatiksesi? äiti töksäytti heti kärkeen.

Sakke vilkaisi Maariaa ja hymyili rohkaisevasti.

Maaria valmistautui pahimpaan.

- Teen minä sitäkin. Autan isääni silloin tällöin, jos

on pulaa kuskeista.

- Ai onko sinun isälläsi oma firma? äidin ilme kirkastui. - Sepä hienoa, oma yritys. Ehkä voit joku päivä jatkaa sitä.

Maaria ei ollut kertonut äidilleen Saken suuresta talosta ja omaisuudesta. Se ei ollut oleellista. Sakke kelpaisi Maarialle ilman omaisuuttaan, hänen piti kelvata myös äidille.

- Niin, tuota, varsinaisesti teen kyllä työkseni muuta. Tietokonehommia, Sakke sanoi.

- Tietokonehommia? Sehän on hyvä tulevaisuuden työ, äiti sanoi. - Ehkä sinustakin voi tulla joku päivä johtaja. Lasse oli aluepäällikkö.

Maaria punastui hiusrajaansa myöten.

- Ei minusta tule koskaan johtajaa, Sakke sanoi ystävällisesti. - Teen töitä yksin.

- Ei johtajaa? Entä päällikkö?

Maaria sai tarpeekseen kuulustelusta.

- Esittelen Sakelle hiukan taloa, Maaria tokaisi ja veti Saken omaan huoneeseensa. He istuivat sängylle.

- Järkyttävää. Olet varmaan jo aivan hermona, Maaria sanoi.

Sakke nauroi. - En tietenkään, tämähän on hauskaa. Äitisi on tiukka persoona. Haluaa tyttärelleen vain parasta. Se on ihan oikein. Niin minäkin haluan omalle tyttärelleni, vain paras kelpaa. Ilmeisesti olet jättänyt kertomatta muutamia yksityiskohtia? Vai miksi äitisi luulee, että olen päätoiminen autokuski?

- Tulihan se yllätyksenä itsellenikin, tuo jättiomai-

152

suus...

- Tuskin nyt sentään "jättiomaisuus". Kohta on pakko ruveta taas töihin, että saa perheen elätettyä, kun kohta alkaa tulla niitä lapsiakin, Sakke antoi suukon.

- Asia paljastuu viimeistään silloin, kun äitisi tulee meille kylään. "Meille". Se kuulosti niin ihanalta, että sillä hetkellä Maaria viis veisasi äidin mielipiteistä. Oli vain me ja muut.

He tekivät lähtöä ja äiti tuli saattamaan heitä pihalle. Äidin silmät levisivät, kun hän näki Saken auton.

- Tämähän on paljon suurempi kuin Lassen... Maaria vilkaisi anteeksipyytävästi Sakkeen päin, mutta tämä ei näyttänyt olevan moksiskaan.

- Onko tämä sinun omasi vai isän? äiti kysyi ja Maariaa hävetti yhä enemmän.

- Ikioma, hyvä kulkupeli sinne maalle.

- Ai maalle? Asutko maalla? äiti jatkoi, mutta Maaria keskeytti.

- Meidän täytyy nyt lähteä. Heti. Hei ja nähdään kun tulet käymään.

Äiti jäi pihaan vilkuttamaan, kun he kääntyivät tielle.

- Huh, että sellainen vierailu.

- Äitisi on mukava. Kyllä hän siitä vielä sulaa, kun saa ensimmäisen lapsenlapsen syliinsä.

Maaria ei ollut ihan varma edes siitä. Luultavasti äiti löytäisi jotain vikaa lapsestakin, jos vauva vaikka perii Maarian kiharat hiukset. Maariaa harmitti, että heillä oli äidin kanssa niin viileät välit. Tietenkin hän toivoi, että suhde muuttuisi lämpimämmäksi. Onneksi Sakke ei loukkaantunut äidin tungettelevista kysymyksistä.

Maanantaina Maaria oli juuri tullut töistä, kun Annu soitti. Hän ei ollut kuullut Annusta juhlien jälkeen ja oli ajatellut, että ura muodin huipulla oli nyt ohi.
- Hei, mitä kuuluu? Miltä kihloissa olo on maistunut?

Maaria katsoi jälleen kerran timanttisormustaan ja huokasi onnellisena.
- Se on aivan ihanaa.

Annu nauroi. - Mukava kuulla. Olette todella hyvännäköinen pari.

Maaria oli mielissään. Annu oli kultainen nainen.
- Kuule, minulla oli asiaakin. En tiedä, mitä tuumaat nyt kun olet parisuhteessa ja kaikkea. Näitkö jutun Hesarissa muotinäytöksen jälkeen? Sinun kuvasi oli siinä. Minun mekossani tietenkin. Se on herättänyt kiinnostusta ja minut on kutsuttu Milanoon esittelemään töitäni.
- Upeaa, onneksi olkoon! Onpa mahtava tilaisuus, olet ansainnut sen. Olenhan minä nähnyt jutun.
- Ajattelin kysyä, kiinnostaisiko sinua lähteä mukaan?

Maarian oli pakko istahtaa alas. Mitä tuo nainen puhuu? Milanoon?
- Ai minne? Eee..enhän minä…ei, ei missään nimessä. En minä ole mikään malli, oikeasti. Mitä sinä

154

oikein puhut? Minulla on töitäkin. Enkä osaa italiaa
yhtään.

Annu nauroi toisessa päässä Maarian jutuille.

- Tavataanko huomenna myymälässä? Kerron sitten
lisää ja saat päättää sen jälkeen. Matka kestää neli-
sen päivää, ei sen pitempään. Sinulle jää varmasti
aikaa katsoa nähtävyyksiäkin jos haluat.

- Voin minä tulla kaupalle, mutta en lupaa mitään,
Maaria sanoi.

Vielä kuukausi sitten Maaria olisi kiljahdellut rie-
musta, jos olisi saanut mahdollisuuden matkustaa
Milanoon. Nyt hän tuli heti ajatelleeksi Sakkea. Mitä
mies siitä ajattelisi? Voisiko hän lähteä matkalle?
Saman tien häneen iski kauhea ajatus: Oliko hän taas
ajautunut suhteeseen, jossa mies määrittää hänen
elämänsä? Mitä hän saa tehdä ja mitä ei?

Ei tietenkään. Sakke ei ikinä kieltäisi häntä toteut-
tamasta omia unelmiaan. Maaria oli siitä aivan var-
ma. Silti, kaikki tapahtumat olivat nykyään tuplasti
hienompia, kun ne sai jakaa toisen kanssa. Ja se oli
hyvän parisuhteen merkitys.

Annu ja Maaria tervehtivät lämpimästi toisiaan.

- Seurustelu sopii sinulle, näytät onnelliselta, Annu
aloitti.

- Minä olen, Maaria totesi. - Elämäni on muuttunut
aivan kokonaan. Myös sinulla on osasi siinä, kiitos
Annu.

- Kyllä sinä olet aivan itse vastuussa omasta onnelli-
suudestasi. Hyvä, kun asiat ovat nyt hyvin.

Annu kertoi, mitä oli tapahtunut muotinäytöksen

jälkeen. Häntä oli haastateltu ulkomaisiin lehtiin ja useampi muotitalo oli ehdottanut alustavia sopimuksia mallistolle.

- Menen Milanoon tekemään sopimuksen. Se on todella hyvä tilaisuus ja avaa paljon ovia. Haluaisin palkita sinut, Kriston ja Marinan jotenkin ja tarjoan teille matkaa Milanoon. Yksi pyyntö minulla on: Jos saisin sinut houkuteltua vielä kerran pukeutumaan siihen punaiseen pukuun. Kyse ei ole mistään näytöksestä. Paikalla olisivat vain ostajat, muutama henkilö, enintään kymmenen. Mekko näyttää vaan niin paljon paremmalta ylläsi kuin henkarilla, Annu nauroi. - Kristo ja Marina hoitavat hiukset ja meikin. Sen jälkeen olet vapaa tekemään Milanossa mitä haluat. Ostaja maksaa hotellin ja matkat.

Annu tuijotti Maariaa innostuneena, täytyy olla hullu, jos kieltäytyy ilmaisesta Milanon matkasta.

Maarian päässä raksutti. Matka houkutteli häntä, sitä ei käy kieltäminen. Nauttisiko hän kuitenkaan siitä ilman Sakkea? Miten paljon hauskempaa kaikki on hänen kanssaan.

Ilmeisesti Annu vaistosi Maarian mielen liikkeet.

- Voithan kysyä, jos miehesi haluaa tulla mukaan? Valitettavasti yritys ei voi maksaa hänen lentoaan, Annu pahoitteli.

- Voinko miettiä asiaa hetken? Keskustelen Saken kanssa.

- Minun täytyy vahvistaa lennot perjantaina. Siihen saakka saat miettimisaikaa. Jos päätät olla lähtemättä, älä sure, minä ymmärrän kyllä.

Tämä voisi olla hyvä juttu tai paha juttu. Se, kuinka Sakke suhtautuisi Maarian ilmoitukseen, olisi tärkeää. Alkaisiko hän kiukutella, kuten Lasse olisi todennäköisesti tehnyt.

Maaria ajoi illalla Saken talolle, he olivat sopineet, että hän jäisi sinne yöksi. Sakke oli aloitellut jo projektejaan ja työskenteli joskus yömyöhäänkin. Silloin Maaria nukkui mieluummin kotonaan. Keittiössä tuoksui hyvältä. Sakke oli valmistanut jälleen herkullisen aterian.

- Mitä kommelluksia tänään tapahtui tulevaisuuden toivojen parissa? Sakke kysyi kun he asettuivat syömään.

- Tulevaisuuden toivot olivat suurenmoisia, kuten aina, mutta yksi jännä juttu kyllä tapahtui. Maaria kertoi Annun tapaamisesta. Hän yritti tarkkailla Saken kasvoja, näkyisikö niiltä ärtymystä vai iloa.

- Tuohan on mahtavaa. Ilman muuta sinä lähdet Milanoon. Tuskin tuollainen tilaisuus toistuu. Paitsi jos alat ammattimalliksi ja katoat maailmalle...Sakke käänsi suupielet alaspäin.

- Minä en millään mittarilla täytä ammattimallin mittoja, se nyt on tosi asia. Avuni kelpaavat vain tähän yhteen Annun pukuun, Maaria nauroi. - Eikä mallin ura muutenkaan kuulu toiveammatteihin. Mieluummin hoidan lapsia.

- Se on minun onneni, Sakke sanoi. - Ehkä kestän sen neljän päivän eron jotenkin. Tiukkaa se tekee, mutta laitan viestejä tunnin välein.

- Annu ehdotti, että pyytäisin sinut mukaan. Lähtisitkö? Maaria sanoi arasti. Hän ei halunnut kuulostaa miehestään riippuvaiselta naiselta, joka ei voi olla erossa hetkeäkään. Sakke näytti yllättyneeltä. - Sinun mukaasi? Minäkö? En tiedä... Sehän on sinun juttusi. En halua änkeä seuraan. Eikö se olisi outoa... - Minä haluaisin kokea Milanon sinun kanssasi. Maaria oli nyt varma, että jos Sakke ei lähtisi, ei hänkään lähtisi. Muoti ja upea kulttuuri olivat houkuttelevia, mutta perimmiltään hänen haaveensa suuntautuivat maanläheisimpiin asioihin.

Sakke huomasi, että Maaria näytti siltä, kuin olisi itkuun purskahtamaisillaan.

- Mennäänpä miettimään asiaa tuonne sohvalle. Meidän täytyy punnita tätä nyt monelta kantilta, Sakke sanoi muka vakavana. - Tulepas tänne kainaloon.

- Oletko sinä ollut koskaan Milanossa? Maaria kysyi.

Sakke oli hetken hiljaa. - Olenhan minä. Se on kaunis kaupunki.

Maaria ei kysynyt enempää. Luultavasti Sakke oli matkustellut kansainvälisen vaimonsa kanssa vaikka missä. Maaria sen sijaan ei ollut päässyt juuri Tukholmaa pidemmälle.

He tarkastelivat kalenteristaan päiviä. Pääsiäisen aikaan oli onneksi vapaata, Maarian täytyisi silti pyytää pari päivää vapaaksi, muuten matka ei onnistuisi. Luultavasti päiväkoti saisi sijaisen Maarian matkan ajalle. Sakke pystyi järjestämään vapaansa ja työnsä miten halusi.

- Mitä sanot, jos jäädään Milanon jälkeen vielä muutamaksi päiväksi lomalle Gardajärvelle? Ei siellä vielä kesä ole, mutta siellä on mukavia kylpylöitä. Maaria katsoi Sakkea ihmeissään.

- Annu lupasi maksaa lipun Milanoon, ei minnekään muualle. Ei se nyt käy. Minulla ei ole säästöjä, ikävä kyllä, niin mukavalta kun se kuulostaakin.

Sakke työnsi sormensa Maarian hiuksiin ja pörrötti niitä.

- Minulla saattaa olla sukanvarressa sen verran, että voin viedä morsiameni pikku matkalle. Se voisi olla vaikka häämatka, etukäteen. Kohta nimittäin alkaa lapsia tulla siihen malliin, ettei lentokoneeseen ole enää asiaa.

- Niinkö? Se saattaa muuttaa asian, Maaria sanoi, vaikka ei ollut vielä ihan varma.

- Minä voin tehdä varaukset, sinun tarvitsee vain pyytää lomaa työpaikalta. Ilmoita Annulle, että me lähdemme, mutta hoidamme itse järjestelyt. Ok?

Maaria soitti Annulle saman tien. Huomenna hän kysyisi Riitalta vapaata. Häämatka tai ei, tämä oli kuitenkin taas yksi ihmeiden ihme onnellisten tapahtumien sarjassa.

Italiassa kevät oli jo pitkällä vaikka Suomessa oli vielä talvi. Maaria esitteli Annun puvun ostajille, kuten oli luvannut. Esittelyn jälkeen Maaria ja Sakke

159

menivät vielä illalliselle hienoon ravintolaan.
- Kun on noin upeasti laittautunut, ei sitä kannata tuhlata, Sakke sanoi.

Maarialle tuli tunne, että Sakke ei ollut ensimmäistä kertaa tässä upeassa ravintolassa. Miten muuten mies olisi saanut varattua edes pöytää tästä julkkistenkin suosimasta paikasta. Maaria päätti kuitenkin olla miettimättä asiaa sen enempää. Nyt Sakke oli täällä hänen kanssaan. Näyttävä pariskunta ei jäänyt muiden ravintolan asiakkaiden varjoon. Moni silmäpari seurasi heidän kulkuaan pöytään ja koitti arvailla, keitä nämä kauniit nuoret ovat. Ilta oli ikimuistoinen. Ruoka oli herkullista ja viini nostatti punan poskille.
- Minä tulen muistamaan tämän illan loppuelämäni, Maaria sanoi, kun he lähtivät takaisin hotellille.
- Minäkin, sanoi Sakke.

Etukäteen vietetty häämatka ei olisi voinut olla onnistuneempi. He olivat saaneet päätettyä jopa hääpäivän. Maarian ehdotuksesta häät pidettäisiin syyskesällä, ei sentään vielä juhannuksena, kuten Sakke oli vaatinut.
- Mitä luulet, mitä sinun perheesi tuumaa, kun he saavat kuulla, että aiomme naimisiin näin pian? Onko se ihan hullua? Saija tuntuu olevan kovin suojeleva sinun suhteesi.
- He ovat varmasti vain onnellisia puolestani, Sakke sanoi. - Löysin hyvän naisen. Mitä sinun äitisi tuumaa?

Maarian äiti oli edelleen siinä uskossa, että Sakke oli autonkuljettaja. He olivat sopineet, että matkan jälkeen äiti tulisi käymään heidän luonaan. Silloin luultavasti selviäisi, minkälainen "autonkuljettaja" Sakke oli. Maaria ei kuitenkaan kantanut huolta asiasta. Äiti piti Sakesta ja se oli tärkeintä. He olivat alustavasti puhuneet myös sellaisesta järjestelystä, että äiti laittaisi oman asuntonsa myyntiin ja ostaisi Saijan asunnon, missä Maaria asui. Näin äiti olisi lähempänä ja saisi kenties uutta sisältöä elämäänsä. Ehkä heidän välinsäkin aikaa myöden paranisivat, kuten Sakke oli ennustanut.

10

Minä tahdoin - ja minä sain

Maaria katseli peilikuvaansa Saijan makuuhuoneessa. Valkoinen hääpuku oli niin kaunis, että Maarialle tuli kyyneleet silmiin. Annu oli vaatinut saada suunnitella sen, vaikka Maaria oli yrittänyt estellä.

- Älä sure, minä myyn tämän mallin vielä eteenpäin ja saan suuret rahat siitä, nauroi Annu, kun Maaria oli kysynyt hintaa.

Häät oli päätetty järjestää kartanolla. Vieraita ei ollut paljon. Annu, Kristo ja Marina olivat kutsuttuja ja muutama Maarian työkaveri. Saken perhe ja joitakin sukulaisia oli juhlissa myös, mutta tunnelma oli hyvin intiimi ja lämmin.

Maaria katsoi vasemmassa nimettömässä kimmeltävää timanttisormustaan. Siinä se nyt oli. Ja olisi toivottavasti hänen elämänsä loppuun asti. Olisipa täti näkemässä hänet nyt, ajatteli Maaria. Hän lausui hiljaisen kiitoksen tädilleen pilven reunalle. Maariasta tuntui, että kaikki tämä, mitä hänellä nyt oli, oli osaksi sormuksen ansiota. Ilman sitä hän ei olisi rohkaistunut tavoittelemaan unelmiaan. Maaria laittoi käden vatsalleen. Unelma perheestä oli jo askeleen lähempänä.

Saija tuli hakemaan Maariaa.

- On aika. Oletko valmis? Sulhanen ei nimittäin jaksa enää odottaa hetkeäkään.

He laskeutuivat portaita pitkin saliin. Maaria katsoi rakasta miestä, joka odotti häntä hymyillen. Maarian täytti onni ja rauha. Hän oli juuri siellä missä pitikin.